长歌山水行

史建奎 著

西安出版社

图书在版编目（CIP）数据

长歌山水行 / 史建奎著. -- 西安 : 西安出版社,
2017.2
ISBN 978-7-5541-2005-7

Ⅰ. ①长… Ⅱ. ①史… Ⅲ. ①诗集－中国－当代
Ⅳ. ①I227

中国版本图书馆 CIP 数据核字(2017)第 029164 号

长歌山水行

著　　者：史建奎
出版发行：西安出版社
社　　址：西安市长安北路 56 号
电　　话：(029) 85253740
邮政编码：710061
印　　刷：陕西天地印刷有限公司
开　　本：787mm×1092mm　1/16
印　　张：17
字　　数：230 千字
版　　次：2017 年 1 月第 1 版
　　　　　2017 年 1 月第 1 次印刷
印　　数：1—3000
书　　号：ISBN 978-7-5541-2005-7
定　　价：46.00 元

自序

闲云素心

日常工作之余连续三个多月的时间里，我沉浸在十年的诗稿中不能自拔，几乎达到废寝忘食的程度，一遍又一遍地回味、斟酌、修改、定稿，春华秋实，夏播冬藏，尽在文字情缘中。看着这些宛如火苗一般跳动的文字，如同欣赏自己的孩子，哪一个都是很棒的，哪一个都不能少。这个时候我又一次体会到了“文字缘同骨肉深”的亲情味道。我写下了《笑忆书稿情》犒劳自己，“文字如儿女，枝叶本同根。高低和肥瘦，血脉一家亲。割爱痛何忍？犹似刀剜心。顾盼无可舍，手足不离分”。

作为随感而就的诗句，作为内心世界的独白，我认为可以天马行空，可以我行我素，可以自话自说，可以直抒胸臆，可以坦白心迹。这是我从自然界的生命本真那里获得的感悟。人要生活得洒脱一些，率性一些，就要像树木花草那样，心无旁骛，专心生长，不管是风和日丽还是雨雪风霜，都不失生命的本色，都永保上进的姿态。即使因生存环境的艰苦而被迫扭曲着身子，也要一味地向上、向前，以成长的力量成全生命的尊严与辉煌。我赞赏这种生命的灵动和壮美。这是“清水出芙蓉，天然去雕饰”的清新；这是“千磨万击还坚劲，任尔东西南北风”的伟岸；这是“一蓑烟雨任平生”的洒脱；这更是“天下英雄谁敌手”的自问与自信。

我常常盘桓于山水之间而乐不思返，只因它给予我心灵的平静、安静和沉静；只因它给予我对生命的珍爱、珍惜和珍重；只因它给予我精神的救赎、丰富和高贵。遗憾的是，我无法有更多的时间，以细腻的文字记录下我当时的感受，于是就想到了我喜欢的古体诗，于是，便开始学着“效颦”，并将当下的感怀，以如今呈现在诸君面前的诗的形式，固化下来。

初生之物，其形必丑。但我知道，丑到极点，必然会向极好转换。物极必反的道理一直鼓舞着、激励着我去大胆地尝试，同时又小心地笔耕。前者，出于爱好；后者，源于责任。我总以为万语千言中，总会潜藏着一定量的哲思睿语，总会有一些情趣、理趣、意趣与志趣蕴含其中，而且值得玩味、咀嚼。更何况能够坚持，持之以恒地坚持，其本身就是一种精神，一种自觉服从于内心的召唤，也应该是一种认识上的境界，也更是对回归本真的呼应。即使这样，我仍然不免担心阅读上的困难，毕竟它与现代文相去甚远，需要一定的古汉语功底做帮衬，所以我在每一首诗的前面都加了一个小序，尽量疏通文字障碍和语言歧义。

对于水平上的局限，我为自己做了如下开脱：可以不必像古体诗那样要求韵律的合辙，平仄的对仗；可以不论逻辑的严密，不苛求用字的精准，不要求意境的深远，不追求立意的高远。我还努力地说服自己，我只是作为一种个人爱好，没有古人那样的功力和功夫，更不敢奢望以诗留名，泽被来者。我只是希望它成为我的一种精神自由的外在表现和学养修炼的途径。当然，在快餐文化盛行的今天，作为一名怀揣梦想、执着坚守、奋力前进的教育工作者，我还希望能在浓缩的文字中，给热爱生活的人们留下丰富的想象和遐思的空间，更是小心谨慎地希望人们在字里行间释放的情愫中有所启迪，获得灵感，让大自然的威力、伟力和魅力，以一种潜移默化的力量渗透在我们所热爱的教育事业中，期盼将真善美的种子根植于孩子们的心灵，在他们走进自然、感受自然、了解自然、热爱自然、保护自然中，去体悟生命的隽永和价值，领略人性的光辉和风采，希望人们在热爱生命、热爱自己、热爱生活中，关注自我内心世界，关心我们周围世界的变化，关爱我们共同的精神家园，并且将个人的命运自觉与民族、国家连为一体，让家国情怀成为自觉。我的最终目的在于让大自然的熏陶成为呵护心灵、滋养生命、涵养精神、恪守操守、催生隐藏在内心深处的善念和悟性的不可替代的力量。让我们因剧烈社会变革而诱发的急躁、烦躁、焦躁、浮躁情绪减少，让我们安顿好心，重新听从内心的召唤，放慢匆行的脚步，甚至暂时停下来，静下来，给自己一点点发呆的机会，给自己一点点闲暇，聆听花开的声音，聆听风信子的乐音，聆听生命成长的专注，聆听来时的初衷，聆听四季分明的律动，聆听流金岁月的馈赠。一言以蔽之，让我们获得生活应有的愉悦，获得生命的从容和华贵。

春之声，夏之茂，秋之韵，冬之恋，在我十年的足迹中清晰可辨。一程山水一程歌，程程山水寓心乐。有时候，足不出户，也可以纵情山水间，尽享美目、悦心之快。不用说，那是文字表演的魔术。它更让我们在自由想象中将最美的山水风景网罗心间，斗室乾坤，浩荡无边。

还有故乡，如影随形。纵然人在天涯，天涯也不过是咫尺之遥。它的美，已经融化在血脉里，成为我们生命的组成部分。故而，我也将描写读书感怀、故乡情结的部分诗稿选在本书中，我以为情景一心，情理一体。

我们期待的风景，似乎总在远方。其实只要我们是一个有心人，带着爱美之心观察，处处都是风景。如同现在，阴沉沉的天气缺乏生机，但黄昏次第亮起来的灯光却有一种朦胧的美涌上心头。坐在书桌前，氤氲在茶香里，平静的心情有几分寂寥的快乐。安静中的热闹，是心的归宿。不必叩问，明天你将去哪里。不管身在何处，哪里都是心的家，只缘山水清韵，闲云素心。

二〇一六年十二月十八日

目　录

夏之茂

秋之韵

冬之恋

春之声

二零零七年

三月三十一日。第一次来商州，对它的初识源于贾平凹先生的《商州风情录》。“我有商山君未见，清泉流饮白云间”，果然美名不虚传。

商州情

欲写幽怀觅佳句，燕子呢喃更成趣。
借问青神商州事，山中春韵知几许？
百亩方塘多芙蕖，清雅高洁列碧玉。
物我交交两相欢，明年偕伴还兹聚。

四月五日。参观户县农民画展览馆，为一件件非常接地气的作品所震撼、感动！艺术来源于生活，又高于生活，所以我们都应该为“生活的艺术”而有作为。

农民画观感

胜日寻芳访画乡，民俗风情谱华章。
奇葩一枝域中秀，农家犹藏翰墨香。

四月八日。游骊山。十年前来过此地，“入暮晴霞红一片，尚疑烽火自西来”，骊山晚照是关中八景之一，不少文人墨客都曾盛赞此景。自西周以来这里成为人文胜地，自然美景与人文历史交相辉映。周幽王为博褒姒“千金一笑”而“烽火戏诸侯”，终失江山；秦始皇用老百姓的累累白骨筑成了“世界八大奇迹”之一的秦兵马俑；杨玉环华清池“温泉水滑洗凝脂”成就千古绝唱《长恨歌》；张学良、杨虎城将军发动的“西安事变”促成国共二度合作，形成了抗日民族统一战线。骊山，一座充满传奇色彩的山。

骊山感怀

烽火高台骊山巅，千金一笑失江山。
开元盛世弹指间，长恨歌声动渭川。
兵谏往事铸伟业，时代风流百载传。
我今信步故地游，史海钩沉前车鉴。

四月十五日。游终南山石峡沟。这一处胜景是在无意中发现的，山里人朴实，热情好客。他们乐意当义务向导员。

沿着山间小路蜿蜒而上，竹林茂密，已成“竹海”；溪流淙淙，清澈见底，父子垂钓，好兴致。

夕阳西下时起风了，松涛阵阵，山林在雾霭中更加美丽。我们揪着草，抓着松树的虬枝，奋力往上爬。到险峻处，几乎匍匐而行。及至山顶，风更大，天更蓝更高。举目四望，“一览众山小”的感觉油然而生，来时的路已隐没在树丛之中。路在何方？路在脚下！当自己的拓荒者也是可以自豪的，虽然有时不免孤独。

繁星满天时，我们回到了农家小院，一边享受美食，一边闲话，其乐融融。

石峡沟行

深山清幽居农家，庭院闲步鸡鹅鸭。
喜与主人话桑麻，樱桃树下还品茶。
夕阳红树栖暮鸦，山中野味频相夸。
满天星斗和人笑，卧看香馥紫藤花。

四月二十五日。取道宝鸡去汉中。山路崎岖难行，但景致却是分外的好。渐入深山，人烟稀少，山居人家的恬静和传统的农耕，颇能勾起我对儿时乡下生活的记忆。那时乡村的生活虽苦，但人们生活得很惬意，男耕女织，孩子们享受的是真正的“金色童年”，我是在这快乐的童年记忆中逐渐长大的。

眼前河岸边、山崖上一簇簇开得正盛的黄菊，让我在欣赏她的美丽时，更多了对自然主义教育的向往。返璞归真，尊重、呵护天性，更有利于孩子们健康成长。

山中所见

万木逢春深山行，杂花河畔崖边生。
家家门前罗干果，户户庭院树鸟鸣。
鸡犬觅食互争锋，田父唤儿把犁耕。

千里图画极目是，物态醉人最农情。

同日，途经留坝，想起了四年前过紫柏山时拜祭张良庙。斯人千古，风范犹存。功成名就之时，归隐退居之际，达观人生当为今世追名逐利者鉴。

过张良墓

昔日曾经祭此坟，高香一炷拜贤臣。
功成挂冠归隐去，千古慨叹独斯人。
追名逐利寻常见，淡泊明志鲜有闻。
特立独行知我意，紫柏山下望暮云。

五月五日。到榆林游览了与嘉峪关、山海关和居庸关齐名的塞上重镇镇北台，在一段明长城遗址的残垣断壁前驻足，在文化圣地红石峡畔留恋，触景生情。源于工作调动的突然，十天之间从汉中到榆林的心理变化，犹如波峰波谷的颠簸。人生不如意事常有八九。做事难，做人难，做人的事更难。心绪难安，心雨如注,化作镇北台上风中的泪……

榆林古迹行吟

虎踞龙套镇北台，锁钥秦陇扼要塞。

万里长城今犹在，百年长墙生苍苔。
榆溪清流天河水，红石峡谷开襟怀。
事遂人愿虽有憾，练达人生终复来。

二零零八年

三月一日。天气清明，又是愉快的周末，迎春花开了——护城河畔，石砌的漫道边，凸起的土包上，篱笆墙沿，一簇簇一丛丛拥在一起，枝条上爆出朵朵花蕾。竹子的嫩芽也在枝干上蹦出来了。仔细观看，似乎可见松软的土里有数不清的机芽可劲往上蹿……

在环城西苑，我惊喜地看到春天跳着、跑着、笑着来了。

西苑初春

迎春枝枝蓓蕾开，翠竹杆杆似新栽。
残叶未尽黄芽出，落花有梦还复来。
我寄冰心西楼月，人间真味蕴诗怀。
暂将俗累抛心外，呼朋闲步享自在。

三月二日。结伴游子午峪。初春的气息已荡漾在山谷，酣睡了一冬的山泉苏醒了，一路欢歌淌过山涧，奔向山外的大千世界。鸟儿们在渐露新芽的枝头上交颈呢喃，尽情舒展自由恋爱的快乐。

我们在这清幽的大自然里盘桓徜徉。孩子们，爬呀爬呀，快与春光赛跑吧。

子午峪访春（一）

山峦风光水晶莹，蜂雀声声伴我行。
夕阳一道云岭上，半是青黛半分明。
崎岖新径脚未停，躬身跬步向顶峰。
登巅环顾帝王都，人生新意在征程。

子午峪访春（二）

草木清照影重重，晴明深处更翠峰。
流云轻舒似浮浪，君临松竹幽意浓。
日光催径草茸茸，山色赠我水澄澄。
持藜归来惜时短，回看庭院夕阳红。

三月四日。春到柳枝最先知，人生惜缘不论迟。护城河水朗润起来了，层层微茫的绿波荡漾着初醒的春梦。清晰可见的水底淤泥高低起伏，那里掩不住青春的躁动，孕育的生命已经伴着潺潺的流水开始用“破土而出”的声音说话了。

草木开始抽芽了。挡不住的诱惑——春天真的来了！

护城河探春（一）

杨柳清韵在新妆，腊梅随风暗输香。

玉兰含苞花欲绽，满架蔷薇蔓开张。
乱草杂花竞相上，好借春风做文章。
此生心事在诗书，惟与光阴竞短长。

护城河探春（二）

谁人惜缘似惜春，肯将阅历化芳菲？
但需直白并实味，贴近人情语成金。
文章诗词在清真，归于自然少斧痕。
自从字句各司职，言辞未绝寓意深。

三月八日。游慈恩寺春日怀古。

慈恩寺春日感怀（一）

新草生于旧草痕，青苔碧瓦说前尘。
长歌怀远吟旧赋，春风已至笑古人。

慈恩寺春日感怀（二）

长安自古帝王都，曲江流饮弦箜篌。
草木复苏染新绿，残梅清韵栖枝头。
踏青醉合游人意，南来北往多童叟。
文人墨客知何处？慈恩塔下尽风流。

慈恩寺春日感怀（三）

芳草茵茵曲江头，春光有约人好游。
珠帘水幕莫恨短，风景经年似瀛洲。

慈恩寺春日感怀（四）

草长莺飞花木欣，三月天气生芳菲。
踏青应去上林苑，拂面翠柳人未归。
澄澄池水将绿染，青青麦田妆新颜。
撩人春色总经眼，暖日轻风好休闲。

三月九日。农历的二月二，民间称之为“龙抬头”。万物已经不是复苏，而是开始一门心思地成长了。

这一天我回了老家，渭水漫涨，春却先我早已到了故乡，好一派田园风光！

故乡春（一）

西苑不日碧满园，桑梓更在云水间。
携子遍尝农家味，东风晴明伴我还。

故乡春（二）

佳节还乡赏芳踪，翡翠斑斓日渐浓。
鸣啼春鸟殷勤唤，风景年年殊不同。

霞光入林漫草径，渭川夕照分外明。
故里同窗今安在？天南海北务农工。

故乡春（三）

东风拂面春日长，高歌走马任张狂。
未了前程英雄梦，天生男儿当图强。

故乡春（四）

田野麦苗碧连天，衰草盈尺满渭滩。
翩翩一行南飞雁，佼佼舞姿云水间。
半开柳芽韵幽远，夕阳未尽月出山。
归程还念春时短，向晚桑梓思炊烟。

三月十一日。天气晴朗得令人陶醉。晚上伴着灿烂的灯光，走在通往杜陵塬的路上，思绪飞扬。我坚信，前途总是美好的。

杜陵塬行吟

向晚驱车杜陵塬，遥望街灯似星天。
逢人闻道春色好，三月风光遍长安。
东风有信花木见，泉流妙音如歌弦。
壮心未与岁月老，志士终须挽狂澜。
才调总从难处观，青春不独惜少年。
载欣载奔应似我，骐骥一跃赴关山。

三月十五日。西苑的风景开始惹人了，护城河水的澄明，分明多了一份神韵和生机。杨柳依依，群花争艳，城墙逶迤，发思古之幽情，觉人生之豪迈。

我自觉是个非常热爱生活的人，每周都要把阳台上的花草精心伺弄一番，便觉心安。几天的时间，吊兰的绿茎已经漫过栅栏，爬到了邻居家的阳台边。

两位挚友分别告我，别时赠送的君子兰开得正盛，杜鹃花也不甘落后，用一团大红点缀着阳台。

不独有，不贪婪，与人为善，其实就是在为自己拓宽前进的路。

醉花吟

东风浩浩日渐长，上有云影水中央。
盛开桃花思报主，乱芽草木眷春光。
破土豆荚顶鹅黄，拔节玉笋舒展忙。
吊兰只合近邻好，携茎引蔓同过墙。

三月十八日。春天令人眼花缭乱。草木的变化之快令人生出英雄迟暮之感。我当努力在园圃耕耘。

花事有感

天光催花事，昼夜不将息。
昨日初蓓蕾，晨起花满枝。
梦歌桃花溪，仙源此中栖。

青春常伴我，殷勤故人意。
欢欣怜时短，时归乏神力。
念兹扶摇起，笔耕赏新奇。

三月十九日。今天是职业生涯中的又一个转折点，平调到市教育局基础教育处工作。早在去年，就已经炒得沸沸扬扬，但我似乎不在其列。我不管在天时、地利还是人和方面都不占优势，所以，只求职场生活平静些。

事情往往就是这样，“不争是争”，“道可道，非常道”，顺其自然最好。我应该不断努力，胜任工作，才是对那些关心我、信任我、支持我、理解我、包容我、关注我的朋友们、同事们最大的回报，也是对自己的负责。人一辈子要感恩的事情很多，忙不过来了，就像薪火相传，一茬一茬往下走，把自己手中的接力棒传好才最重要！

闻职场变化有感

雨脚未至期快晴，我与物语两倾情。
花草璀璨佳人笑，树无具名可意生。
曾因多雾迷前途，慵懒病躯倦于行。
欸乃一声天地开，应随呢喃听鸟鸣。

三月二十三日。游秦岭月亮沟。山村里的少年自有他们的乐趣，成群结队地沿着弯弯山路跋涉，在山上边玩边采得一些不知名的花卉叫卖，好有经济头脑。

靠近山脚，山坡上的杏花开得正艳。旖旎的春光撩人心扉，此刻享受这无边的春色最美。

月亮沟见闻

秦岭峰巅多白云，驿路杏花醉行人。
鸟鸣泉幽闻歌赋，斜阳有诗向碧林。
田禾茫茫绿似海，农家劳作待日曛。
风光无处不惹眼，一程山水一程春。

四月十一日。韩国归来，感觉古城好亲切，更靓丽。我在这醉人的春天里看见梦的种子发芽了：可人微雨，姹紫嫣红，飞燕呢喃，灯下漫读……生命的美丽历程充满了惊喜。快乐在每一天绽放异彩。

春雨感怀

近日古城更春城，微雨幽燕落素红。
万里归来征尘洗，清阴酬我又新程。
自恃才高深夜里，数卷诗书一盏灯。
梦魂长向蓬莱去，只缘心事起东瀛。

四月十三日。白鹿原上的春光太美了，一片片开满黄花的油菜地镶嵌在绿油油的麦田里，“驿路梨花处处开”，“桐花万里丹山路”，山色如黛，灞水澄明。我幼年的故乡也是如此这般的明艳，我可以在繁忙的工作之余一睹她的神韵了。

春游白鹿原

麦田青青菜花黄，白鹿原上好风光。
果木成行菜蔬齐，寸土惜取地无荒。
溶溶梨花降秀色，簇簇桐花正浓妆。
渐进山岭草津味，清风一道合幽香。

四月十七日。四月的灞塬犹如江南水乡，到处春意盎然：水波连天，群鸟翱翔；杂树生花，热烈烂漫。春天把积攒的力量一股脑地宣泄出来，去成就花与叶的事业。

春到灞塬

四月风光次第招，桐花盈地过小桥。
小荷出水亭亭立，藤萝欣欣蕊破苞。
茉莉连枝花下绕，蜜蜂嗡嘤诉春好。
都市田园两相怜，喜与春风做至交。

四月十九日。春雨绵绵，雨雾中的灞河更为迷人：水鸟们在属于自己的领空中翩翩飞舞，野鸭拖儿带女在水中悠然自得地闲游，这一片水域完全成了它们的天堂。

灞柳依依，含烟叠翠，最能使人想起王维那首脍炙人口的《送元二使安西》，“渭城朝雨浥轻尘，客舍青青柳色新。劝君更尽一杯酒，西出阳关无故人”。如此美妙的景致怎能不引起人的淡淡乡愁呢?

灞河清景

诗家清景细雨天，独登亭台望山川。
莫叹物华难与共，拥书自雄未孤单。
坐看芳林轻似梦，灞水淼淼忆流年。
人生相知无恨短，遍览春色是长安。

四月二十八日。去年同日，我在从汉中回西安的途中，接到调令到市教育局工作，婉拒无果；不日北上榆林散心。返回后离开了我心爱的工作单位履新。近九个月的经历，恍如走了几十年。回想起来，感慨不已。以为记。

职场忆

去年昨日在江南，心事拥挤细雨天。
黄昏循步拜将台，风卷云动乱青山。
次日回车秦岭间，盘道坎坷人畏前。
世事茫然难意料，一声调令惊河源。

此后徘徊寻常见，旬日烦郁鲜语言。
关中转眼向榆林，朔方大漠人未还。
有情总被无情拦，孤帆远征孤帆悬。
执手依依何忍别？夜半和衣不能眠。
江郎才尽乏良策，春风何异秋风瑟？
飞鸿哀鸣传音讯，度日如年少颜色。
中途力竭多病身，力难举笔似千斤。
幸有痴友累眷顾，时游山水伴散心。
光阴流转心渐安，一波三折见平原。
知君情重深似海，自当回报拨心弦。
吟罢胸中又波澜，窗外浓阴酬梦圆。
人生清逸知何处？风雨过后是晴川。

五月一日。游览长安的天井山。近一年来的去处都比较清静，基本保持着自然的本色，清幽、静谧、祥和、闲逸；山民的纯朴也是不多见的。但从寥寥数语交谈中，也约略可见商业气息已经逐渐地渗透进来。估计明年再来的时候，今日的景象恐难再现了。如果不加限制地开发，数年之后，再到哪里去寻觅大自然的足迹呢？

我坐在枝繁叶茂、挂满青杏的树下，北望一马平川的关中平原，心中涌动出一股沧桑感。其实，很多时候，一个人静静地坐在那里，欣赏满山遍野的美景，聆听鸟儿们自由地吟唱，深吸着扑鼻的清香，任思绪飞扬，何尝不是莫大的幸福呢！大自然如此美好，能容身其中，何乐而不为呢？我且忘情地受用这造化的恩赐吧，暂时不再想夸美纽斯、卢梭、洛克、卡尔·维特、斯宾塞……

黄昏时分，伴着夜风和满天的星斗，我们下山向灯火辉煌的都市驰去……

游天井山（一）

未到青山已风光，关中平原春主张。
初及山岭才探看，五月槐花一路香。
野芳争妍夺人眼，四面漫卷弥八方。
青杏未黄又约期，农家桑麻情更长。

游天井山（二）

莫道农家不销魂，山人好客民风淳。
青杏树下食多味，人间仙境又一村。
渭原夕照炊烟起，峰峦叠翠落金晖。
登高坐看天气晚，清幽送客带暮归。

五月十日。上午发现阳台上的花草因缺水，全都耷拉下了脑袋，了无生机，赶忙来浇，好样的，不到一个小时全都青春焕发了，一个个精神抖擞，英姿飒爽。大凡生命都有灵气，你劳动了，你就应该得到回报。

盆景原曲

忘灌盆栽颜色衰，忙将甘露从头来。

人似未眠花未歇，晓看本色无不才。
翠叶清亮惹我眼，紫藤蔓茎潜邻间。
繁华最知报恩主，一株独秀多枝嫣。

五月三十一日。汶川地震后，救灾工作继续在紧张、有序、有力、有效中进行，悲痛渐渐化作自觉的灾后重建行动，国际社会以巨大的热情投入到救灾工作中去，人间大爱已经跨越了国界。国人更是以惊人的团结和互助赢得了世界各国的广泛赞誉。任何一场灾难都可以化作社会进步的动力，都可能提升一个民族的认知水平。浴火重生，中国不老！

作为一名教育工作者，我深知我应该怎样去做。

灾后重建感怀

学问无涯志远高，精心吐蕊育新苗。
青春乐在知心交，良骥壮思追风骠。
萍水相逢无老少，知音多缘志同调。
大爱无疆肯爱笑，风雨兼程藐路遥。

二零零九年

五月二日。早就听说柞水的盘谷山庄是一方好去处。禁不住诱惑，于是和几位朋友驱车前往。

秦岭山色已经由鹅黄变得翠绿，大山深处阳坡上的松林则显出墨绿的本色，茂盛的叶子中夹杂着新生的嫩芽，新林催旧林，自然规律，人类一样。

青春上场，气韵不凡，美目流盼，令人陶醉。游览了牛背梁，观赏了壮观的秦岭隧道和隐藏在大山深处的透风口。心生慨叹：自然伟大，人类不朽！

游牛背梁

五月郊原春狂嗾，绿满翠溢红枝头。
造化天成丹青手，林梢一抹竞春走。
车出长安抵柞口，无限风光开眼瞅。
山川妩媚氤氲流，一派靓丽醉晴柔。
林阴深浅绕四周，莺鸟上下鸣啾啾。
曲径喧哗探留守，河水淙淙访汀洲。
秦楚古道遗迹游，千载风流共一丘。
松竹掩映眠红楼，观景台上收清幽。
青春盛宴谁俯首？踏青放歌逐不休。
澄澈清宇望北斗，皎皎月光青梅酒。
恢宏天象意悠悠，邃密物理依征候。
去来无羁可心酬，春光酩酊和珍馐。
且向山色颂自由，缘分何必刻意求。
相约赏春君记否？悠闲人生似鸥鹭。
莽莽苍苍融宇宙，天道酬勤人增寿。
山中花木饮玉露，仪态仙姿总相留。

五月三日。盘古山庄。品清明前采摘的新茶，尝煎、炒、烹、炸、煮、蒸、烤、煲等多种工序做就的多味土豆。山民的憨厚好客与纯朴大方，单从那盛得满满的各种菜蔬的盘子、粗糙的散发着浓浓乡土气息的海碗和略带羞涩的眼神中能够深切地感受到。

饭菜随便加，自制的腊酒随便喝，如果意犹未尽还可以带些吃的，不要钱！一谈起价钱，女主人羞红了脸，只是含混不清地说“看着给点就行了”，那样子倒好像她欠了我们的人情。我想，该是这大山的天然清秀滋养了民风的淳朴吧？

闲暇的时候出去走走，大自然会给予我们无穷的快乐遐思。

山庄风情

五味生津新茶香，盘谷山庄尽春光。
向晚幽境闲迈步，共与夜色分清凉。
晨兴消受开轩窗，漫山遍野散芬芳。
忙里悠闲悠然度，鸟鸣声中迎朝阳。

五月十三日。晚上在微雨的春晓园里漫步，茫茫苍穹，宏远壮观，遐思悠悠，以为妙绝。这里是人文圣地，也是天籁乐园。二十年前，当我还在读大学的时候，常常下午一个人在这里的林阴中诵读。那时这里近乎有一点荒凉，只有大雁塔孤零零地矗立。后来，一项宏伟的计划化作数月后一座宏伟的广场。的确很是气派、壮观，但总觉得少了文化气息，尤其是破坏了古朴、幽静与神秘的气韵——佛教圣地，日夜却是现代音乐的喧哗，似乎有伤大雅，格调不高。所以，我以为文化品位亟待提高，审美情趣也需要好好地陶冶。

今夜人不多，天地间雾茫茫的，但依然可以看到大片的云层翻滚着向西天奔去。远处曲江的灯火迷离而暧昧，连片的高楼露着黑魆魆的身影。松涛阵阵，带着哨音，有一点阴森的气氛。遥望风云变幻的苍穹，我不禁在想，人类在这宏远辽阔的大自然面前究竟有多大的作为？不善待自然，自然会善待我们吗？

春晓园夜思

乱云如墨呼雨魂，松塔毗邻郁森森。
一声宏阔嘹响起，泉飞瀑流向天门。
拾级回望远天外，高楼逶迤树影深。
野色浩荡谁能主？万里风波不可驯。

五月十六日。雨过天晴。空气中含着浓浓的水汽，小院里的几株桃树上成了麻雀的乐园，一大早就唧唧喳喳，叫醒了酣梦中的我。西苑的风光肯定要比这里热闹多了，那是我闲暇时常常光顾的地方。

晨练的人们已经聚了不少，护城河的水绿得发亮，燕子“唧唧”“唧唧”地叫着在水面盘旋，蜻蜓永远都表现出对生活的热爱和对爱情的忠诚，忘情地捉对在水面飞翔。垂钓的老翁悠闲地坐在水畔，抛钩等待。

休闲成为西苑的主色调。我愿成为这调色板上的执笔者，为生活画上绚丽的一笔。

西苑春图

朝霞绚烂雨气收，鸟喧蝶舞竞风流。
檐下乳燕唤呢喃，剪水蜻蜓并轻柔。
暮春西苑看身手，时时处处事事幽。
且与风光共流转，闲看老翁抛钓钩。

五月十九日。每天拂晓时分，布谷鸟准时在我窗外的桐树上吊嗓子，校园里那两排国槐的云冠已经完全变成了墨绿色。一到七点后，操场就热闹起来了，孩子们欢快的笑声在空中荡漾，新的一天在这如歌的声音中开始了。我在感受着教育的芬芳，也在酿造着教育的美酒。我的职业幸福感在孩子们天籁般的声音中荡漾……

暮春望

红紫渐隐换晴阴，布谷声里夏令新。
梦里春情何期见？浓烂榴花醉知音。
乘风蒲英播童心，向阳莲生并蒂根。
品茶捧读琴为伴，暮春相思更忆亲。

二零一零年

五月一日。朋友邀约游览蓝田的葛牌镇。葛牌位于秦岭北麓蓝田县境内，距西安 45 公里。它是原红二十五军 1932 年在陕西关中建立起来的最早的红色革命根据地，历史地位非同寻常。葛牌镇地处秦岭深处，环境优美，空气清新，民风朴实。深春的夜晚，天空深蓝，繁星满天，少有的清爽、静谧、深邃。山里没有信号，倒也少了许多纷扰，给忙碌的心情放个假，美事一桩。

翌日。晨曦初露，我们便出发了。穿越上百公里山路，空寂的山岭是鸟的天堂。站在蓝田和柞水两县的分界岭，山风呼啸，树木葱茏，群峰兀立，人行云间，顿生“一览众山小”的感觉。

平原上已经是绿树浓阴，而山里由于温差较大，许多花儿才刚刚绽放枝头。白居易有诗云：“人间四月芳菲尽，山寺桃花始盛开。常恨春归无觅处，不知转入此中来。”如果没有细致的观察和独到的慧眼，哪里会有如此深刻的见解呢？大家手笔仰止弥高。

葛牌行

翠峰连天云自开，溪流淙淙深涧来。
满眼秀色关不住，清风一路访葛牌。
翠屏障目织锦绣，夕阳紫雾出岩岫。
青石当道危崖突，蹊径杂花绕身走。
老街古韵酬新客，英雄传奇镌红色。
四围通衢引三向，川渝岭南抵梦泽。
夜来山风聆山泉，遥望北斗心怡然。
暂别古城觅清静，笑对山客好酣眠。

五月十日。父亲病故的月余时间里，我几乎整天以泪洗面，锥心的痛并未因时光流逝而有丝毫减弱。每周回家，面对老人家的遗像，忆念他生前的音容笑貌，目睹他亲手栽种的花木，回味我们父子对坐畅叙创业的艰难，泪潸潸……

忆 亲

啼鸟高树呼亲音，春树阴阴伴我归。
故园寂寂风细细，老屋清清院深深。
门前青冢掩家亲，悲情萦绕灼方寸。
老父九泉魂灵在，自将迎儿出宅门。
庭前花红叶森森，檐下乳燕伴巢新。
断肠灵前香一炉，思父潸然泪纷纷。
慈母佝偻羸弱身，犹牵儿女少分心。
穷道人生索根本，偏向浮图思报恩。

五月二十二日。夕阳下的灞河柳依依，花如潮，纤云飘，鹭翩翩，阳关三叠曲，醉逍遥。

灞柳驿

浓阴扶摇碧波长，云开丽日着盛装。
参差林翳媚多态，飞鸟幽林唤斜阳。
四顾风光舒望眼，莽原玉带绕田庄。
飞红流翠谁为伴？凌波仙子石榴妆。

共沐清景叙唐苑，身入花际醉和香。
但见浩渺水天长，时有白鹭凌空翔。
虹桥卧波云都里，一曲新词夜未央。
归来犹饮太白道，为君心语福安康。

五月二十五日。一切都在青春伊始的欣欣然中变得稳重、庄严、成熟起来：翠绿红素，新芽虬枝，乳燕新巢——自然万物如同人一般，曾经的年少轻狂，化作沉潜的张力迸发——你会在植物葱茏的冠盖里，在每一个叶片溢满活力的脉络里，在鸟啼声声的歌谣里，看到青春的力量——它不一定咄咄逼人，但它会让你感到生命的底蕴中随时可能释放的无穷能量。

我们是属于五月的，呱呱坠地之时，就已经注定了霍霍青春将会永伴人生。临清风，对晴晚，同心祝，肆意酣歌，快哉乐甚！让我们永远铭记一个伟大的名字——母亲，我们的青春——永不散场！

青春歌

一

玫瑰携手康乃馨，款款情意抵万金。
山盟海誓藐然过，人间大爱最至亲。
晨从翠华入城门，徒步街区思花魂。
青春做主圣日见，偕君清风看流云。
凯歌嘹亮穿九霄，花冠携香抵鹊桥。

悠悠华诞南风际，痴痴真情征途飘。
快然捧杯饮美醪，无限风光画难描。
龙宫水浸朝霞染，喜看芙蓉初破苞。
故人情重月林梢，浮云何计路迢迢。
我寄丹心与明月，题诗赋词方寸抛。
稍嫌情迫佳期误，日抒文字慰煎熬。
逸兴怀远蕙兰事，红烛一枝华屋照。

二

忆昔四十二年前，天降祥瑞高陵南。
邻村白屋鸳鸯梦，腹中菁华饮神泉。
次第儿女传族种，威名乡里坠地来。
笑语盈宅合家欢，园圃新苗花自开。
时在五月槐花香，万紫千红正主张。
丹青难绘胸中画，天赐男儿生辉煌。
家中自此序列三，邻居艳羡愧无能。
少小更事多精灵，翩翩少年人中龙。
风光旖旎描画册，岁月如诗亦如歌。
呼朋引伴实堪怜，青春鼎盛道不全。
求学惟精毅力坚，光阴从来惜少年。
奇葩一枝出杏坛，人品贵为第一先。

三

博闻强记才八斗，翰墨场中多面手。
识者啧啧何休走？嘉奖词令满壁楼。

挥洒自如千人场，言辞熨贴意气昂。
睹之风采无怠倦，归来犹忆回味长。
邂逅学苑大当家，始知风流在西华。
初面深顾留眷顾，酷暑会盟落晚霞。
学成杏坛事业伴，交契日渐桃花笺。
笔力瑰丽见识胆，锦绣文章乐寸管。
口吐莲花生气运，诗文比翼肖春韵。
四季风景无闲日，清雅别致司青君。
常忆往来笔友宴，真情款款杯中见。
斗酒清樽相对干，分寸拿捏雅量添。

四

一曲盟际傣家楼，沉醉月光凤尾竹。
二曲秦唐醉会馆，心有灵犀叹识晚。
三曲品茗访王府，谈天说地论今古。
四曲邀约樱花町，才俊云集弥有情。
五曲高歌惊真爱，刮目相看生豪迈。
六曲上海人家好，星光灿烂惜晚照。
七曲同途英吉利，故人加盟享惬意。
八曲开怀小木屋，夜行街衢身不孤。
九曲欣然粤珍轩，浅酌慢饮相与欢。
十曲探幽访春林，慈恩夜游还销魂。
多是西苑凤城客，亦为翠华翘楚人。
碧海遥望天美意，高山流水遇知音。

五

今年往来续前缘，一朝风月百年欢。
仪态款款飞鸿惊，梦中往往共倩影。
渭水淙淙复清流，北望故乡忆旧游。
曾惜梅花开无主，长安风雪饮屠苏。
羡慕襟怀容天地，冰清玉洁浮正气。
年年迎春花期至，才情两端更有诗。
岁岁新荷剪剪风，城郊出入追芳踪。
座中独为风流子，妙语连珠如灌顶。
天光澄澈月分明，朝露夜霜总关情。
西窗东顾分一色，石泉清和蛙声鸣。
长安结交多儒士，意气相投平生志。
淡泊名利同一时，玉壶冰心报君子。

六

我曾索问日夜觅，滚滚红尘求知己。
万里择一长相依，从此春风拂四季。
感铭狂歌夸俗句，寻常光阴美情趣。
相逢更觉视界宽，犹登绝峰俯山川。
苍岭巍巍涧谷旋，天马行空纵期间。
笑论浮生沧桑事，谁信今时无古贤?
碧波芙蓉频回眸，风动莲叶下渔舟。
我观瑰丽赏奇绝，仙乐妙曲信天游。
间或亭亭伊水头，玉树临风倍晴柔。
马良神笔不能画，幽姿阅尽还风流。

远话才情李商隐，杜鹃夜啼遣春心。
近谈蔡锷小凤仙，人生难得遇知音。
寻常高雅多婉约，幽谷百合阳春雪。
韵逸高风我师友，铁肩道义索不休。
最是风骨时危现，侠肝义胆写春秋。

五月三十日。黄昏游杜陵塬，步行于林阴道中，欧阳修的《醉翁亭记》跃然心头，“醉翁之意不在酒，在乎山水之间也。……树林阴翳，鸣声上下，游人去而禽鸟乐也，然而禽鸟知山林之乐而不知人之乐……”放空自己，安顿好心很重要。

游杜陵塬

杜陵秀色起，红杏漫枝溢。
杂花妆草径，黄昏归鸟啼。
携子林阴翳，逢客叹新奇。
忽念翠华道，故人何离离？

二零一一年

二月十七日。正月十五。晴朗的日子。设置在市政府的教育局办公地搬迁到北二环。一日三次乘坐大卡车搬运家当，新的环境，新的心情。人生亦如候鸟，永远奔波在求生之旅。

告别工作了三年的地方，真有点依依不舍。站在夜幕下的街头蓦然回首，一缕登临送目的怀念跃然心头。这个元宵节有着特别的意义。

过北城

阳和霍霍融冰河，宿根新芽还草色。
穿城越巷赏辽阔，清风一曲势磅礴。
移师北城挺进歌，酒杯莫停豪气卓。
心弦声响通衢道，高天流云卷舒波。
人生何曾少坎坷？常在旅途苦艰磨。
愈挫愈锐愈惠泽，光阴厚我无蹉跎。
一年今宵明月多，火树银花竞婆娑。
更倾诗囊今与昨，尽兴宜欢与君乐。

三月三十日。应邀回访我曾供职十三年的西安市第八十五中学。满眼春色正盛，忆及青春岁月，畅叙惜别之情，不胜唏嘘，拙笔以吐心声。

春访学苑

鸟啼声里春梦破，碧云卷舒望天河。
青君一夜织锦绣，缭乱红素窗前多。
我欲因之撷诗句，分君清芬满几何？
笔尖旋作翩翩舞，俄顷胜景一笺锁。

玉兰吐蕊梨花绽，海棠初上杏梅落。
竹林丛中紫藤漫，柳絮丝绦正婆娑。
春燕呢喃枝头会，鱼潜莲池呼小荷。
万般风景谁最好？桃李芬芳浮生乐。

四月一日。从古城西安翠华路风雨兼程，赴汉中参加陕西省基础教育工作会议。会议间歇游览名胜古迹。二零零七年四月也曾来过此地。彼时供职于学校，今朝栖身于教育行政部门，脚踏实地与仰望星空交相辉映，也算是职场的幸事了。

西安至汉中途中所见（一）

翠华细雨别古城，繁花一路伴我行。
深浅繁简清芬地，幽香荟萃隐芳名。
长岭逶迤青峰碧，山环水绕绣翠屏。
汉中东驰安康道，欲携春风会云龙。

西安至汉中途中所见（二）

一路烟雨绘画廊，桃红柳绿菜花黄。
正是江南好风景，岭南岭北共心香。

西安至汉中途中所见（三）

翠黄红素遍地行，粉黛赭朱连村通。
造化酬劳浮生计，九天浮出一汉中。

四月二日。下午参观了武侯祠，这里的一株旱莲（在树上开莲花）距今已经四百余年了，是世界上唯一的奇观，与“大汉一人”（指诸葛孔明）成为“绝配”。这该是天眷英才吧？冥冥之中的天地人和总给我一种神秘感。“鞠躬尽瘁，死而后已”，这不仅是忠诚，更是中华民族优秀文化的精髓。我辈的担当在于继续传承并使之发扬光大。车览定军山……沿途美景，尽在眼底。

武侯祠行吟（一）

十月胎苞示苍天，敢与古柏竞粲然。
万古忠诚成一相，世间绝伦唯此莲。

武侯祠行吟（二）

迢迢隐隐定军山，薄雾轻锁阳平关。
蜀汉忠烈魂应在，武侯光焰照高天。

六月十八日。闲暇时故地重游。我在西安市第八十五中学工作了十三年之久，美丽的校园处处有我难以割舍的情感寄托。北楼的居所虽说很简陋，但那里浓浓的邻里温情让我没齿难忘。真诚淳朴的情感是人间大爱。今天在楼下小院与老人们闲话，暖意萦怀，慨然记之。

旧居逢故人

小院红豆满枝头，芳草茎蔓锁清柔。
久居常饮盛情水，故人闲话月西楼。

素屋本是福音地，襟袖开怀快哉游。
撷取花冠与君看，丛中奇秀自风流。

二零一二年

三月二十四日。游香积寺。唐朝不少诗人曾游览于此，多有诗文唱和，尤以王维《过香积寺》诗作闻名。诗曰：“不知香积寺，数里入云峰。古木无人径，深山何处钟。泉声咽危石，日色冷青松。薄暮空潭曲，安禅制毒龙。” 虽今非昔比，倒也别有一翻情趣。

游香积寺

胜日觅芳踪，长安秀色浓。
青青滈河畔，泠泠起浮萍。
携侣归浣浦，群鸟合春鸣。
夕阳照壁暖，乱芽爆老藤。
终南有捷径，香积古刹铭。
慧心酬一拜，石桥莲水清。
灵骨塔下伫，肃穆共苍松。
但使仁善在，安得倚飞龙？

四月八日。风的温润中有一种荡漾着的明澈，袅袅香甜的味道扑面而来，醉花香。风城途中，美景盈心，物我两相宜，乐寸管。

风城道中

满城风光浴朝阳，好花倩影乱登墙。
翠绿红素多经眼，园禽声里索华章。
从来秀色惹吟兴，处处清景合衷肠。
古今文字皆如许，春潮入怀向沧浪。

四月二十一日。户县素有“农民画乡”的美誉，公务间歇在同学的陪同下故地重游，别有一番滋味在心头。乡情、亲情、友情、爱情，汇成情景交融的美。如果说物质是基础，精神是支柱，那么情感肯定就是依靠了。

户县春游兼谢同侪

谷雨过后气象新，翠红乱点竞芳菲。
蜂喧蝶舞真可意，渭水蔚蓝映晴阴。
画乡桃李花似锦，相逢俱是友朋亲。
晤君情谊寻常在，处处风光醉和春。

四月二十二日。从终南山返回北城，一路翠峰接天，花海如潮，令人心驰神往。当夜，与《国际教育周刊》总编陈非先生畅叙，欢颜之至。

山中归北城道中（一）

绿田霍霍阡陌连，清幽一派最终南。
野村孤烟动炊火，沣水落日泛微澜。
更见北原花烂漫，远近高低处处见。
丹青忽旋潜笔底，万里图画胸怀间。

山中归北城道中（二）

一曲新词醉和春，高朋满座频举杯。
畅欢皆是风流子，巾帼何曾逊须眉。
唐府华庭乐是谁？无限风光同路人。
文苑撷取花一枝，聊表寸心谢使君。

五月十四日。我很喜欢社区花园一年四季的味道。像现在，更是如此。池水碧绿映天，鱼儿尽情畅游，莲叶轻舒苞胎，湖畔杂花萦绕，四围绿树参差，用心体悟，我们会发现每一天都是新的，都有惊喜。

故地吟

细雨落花过园林，鱼潜莲池鸟鸣音。
缘君高义叹识晚，阅尽风流看古今。
岁月不居抛青春，我怜青春更恋君。
久怀幽思君且看，丹青笔墨赞胸襟。

二零一三年

四月四日。万物复苏，处处生机勃勃，完全一副准备闪亮登场的架势。雨的加盟更为这些精灵们提供了强力帮助。触景生情，想起了杜牧的《清明》：清明时节雨纷纷，路上行人欲断魂。借问酒家何处有？牧童遥指杏花村。想起了杜甫的《春夜喜雨》：好雨知时节，当春乃发生。随风潜入夜，润物细无声。野径云俱黑，江船火独明。晓看红湿处，花重锦官城。画如诗，诗如画，二者相加，不就是诗意人生吗？

关中的初春景象虽没有岭南景致那般的水色，但也自有春天呼之欲出的迷离之美，它就像淡笔素描，朦朦胧胧的写意，梦幻一般。我在这样的天气里游览了素有“天下第一汤”的陕西蓝田汤峪镇。细雨如丝，春水如眸，春色如梦。暖意萦怀，且记作：雨中汤峪行，以谢春光。

西苑行

西苑芳林似投梭，风过树下花流波。
翠逐深绿草萋美，红素黄赤不厌多。
拾级循阶一一探，眷顾丹青下层坡。
四面新生津津味，八方氤氲泛清河。
惹目飞燕翩翩舞，迎面蛱蝶款款过。
攀石登顶何快哉，万般物华遂心乐。
寻常岁月酬忠勤，笔底景明谢墨客。
更邀青君酣梦里，樽前赏花夫如何？

汤峪行

春雨潇潇浴终南，林木菁菁笼云烟。
落英纷纷桃花园，禾苗青青漫野田。
荒草粒粒生瓦檐，浮萍飘飘清溪潭。
群鸭悠悠湖岸边，薄雾袅袅碧水湾。
归途融融方寸满，香风津津过西苑。
凤城深深夜色晚，长安渺渺人不见。
笔落沙沙心底旋，念想沉沉韵律缓。
兰庭切切飞红笺，清波脉脉融流年。

二零一五年

三月十四日。古城新春，美意萦怀。

古城春日感怀

胜日处处欣欣迎，嫩芽青青新蕊明。
杏梅灼燃柳眉翠，玉兰破苞碧桃红。
暖日微醺合人意，青神缱绻醉春风。
长安都会辟此境，芳菲时节倾古城。

三月十八日。春之声,在草木的生长中，在花苞的绽放中，在鸟儿的和鸣中，在道旁的流韵中，在友人的欢笑中。心之所在，处处是春的气象。而在白鹿原的晤对，更让我体悟真淳的美味。据守心安，便是幸福。

访春白鹿塬

携友亲故道，白鹿云岭迎。
农闲人自乐，村边谈兴浓。
真淳无远近，探春意无穷。
奇曲引幽径，涧谷花树明。
萋萋芳草碧，啾啾流莺鸣。
乡音切切问，旧宅殷殷情。
翠竹美庐居，访贤陋室铭。
感喟艰辛日，磨砺出杰雄。
文武本无地，俊才美其名。
征程何可道？归途百味生。

三月十九日。春雨如丝，繁花若锦，翠烟如梦，雨夜絮语，学苑浓情，心中舞翩跹。

雨中晤春

桃花雨润醉古城，风物如我一般情。
处处明蕊奔眼底，丛丛素白牵浅红。
学苑胜色美人意，耳畔微醺天籁声。
青春有约还相问，如此清明可伴行？

三月十日。陶渊明先生的《桃花源记》，给予我们当下生活的美好愿景。而想象中的桃花源又留给我们无限遐思的空间。今天游览位于渭水河畔的“东晋桃园”时心情便是如此。

东晋桃源

东风约次第，垄畔合新墒。
农人动锄频，新土点种忙。
荷担花下伫，桃李竞开张。
欣欣膏腴地，丰茂兴味长。
依稀千载事，陶公醉心乡。
辞官归故里，园田倾诗囊。
神交有来往，默契无迷茫。
青神信雅达，司春共明光。

三月二十一日。作为二十四节气之一的春分，它意味着此后春气越来越浓，朦胧色愈发变得豁然开朗，春的浓艳闪亮登场。盘桓其中，陶陶然不知往返。美好的事物总令人珍惜，那么，欣赏更是珍惜的重要表现形式了。

春 分

郊原处处栖翠微，柳风袅袅醉花阴。
清明脉脉春潮动，荠麦青青贺中分。
一点清闲张罗地，几多新景净人心。

无须踌躇笑里看，还将轻步作诗吟。

三月二十二日。安康市石泉县的熨斗古镇距今有上千年的历史，古代是川楚古道上的一座驿站，现存古街多是明清时期建筑，尤以“让出三尺地，多占一份天”的吊脚楼最有特色。富水河环抱古镇，四周山峦相拥。恬淡、古朴、优雅的风貌，“小桥流水人家”的诗情画意，让人顿生世外桃源之感。

同日，游览旬阳县城，赏太极图奇观，叹为观止。自古以来，多有文人墨客作诗描写太极城之美：“仞望俯瞰江河流，太极突现山城秀”“满城灯火列星案，一曲旬水绕太极”。可见太极城悠久的历史盛况。假以时日，相信它会更美，更有魅力。

是夜，宿安康市中心。登楼眺望，一城灯火绕汉江.。黎明时分，下起了淅淅沥沥的小雨，整座城市便笼罩在迷离之中。思古幽情，跃然心头。组诗，以记。

熨斗镇

富水河畔连西东，屋舍俨然存古风。
巴山远瞻膏腴地，川渝陕甘聚豪英。
遥思千载鼎盛日，车水马龙汇宾朋。
访老闲话经年事，客栈酒旗醉梦中。

旬阳城观太极图有感

一城飞花流水长，千载太极眷旬阳。

江河有宗本从道，山川无为生仙乡。
天赐岭南罗锦秀，地馈奇观好风光。
归来喟然惜时短，且将心香倾诗囊。

安康观景台

管弦歌舞城楼音，安宁康泰美人心。
观景台上望天外，一江春水流古今。

三月二十六日。西苑的黄昏是迷人的，夕阳缓缓穿过，将光与影调和成花儿的芬芳。忙碌一天之后，在这样的美景中闲步，好惬意。

西苑黄昏闲步

好雨缠绵独惜春，城郊风光次第分。
明蕊草木深深见，栖枝繁花簇簇新。
鸟鸣翠阴翻倩影，人唤友朋醉知音。
暂抛俗务换乐事，闲步幽径浴芳津。

三月二十八日。每天的寻常工作，何尝不是生命的探险呢？我们的平淡与不易察觉的新颖，该是习惯的力量所致吧？如果稍微停息一下匆匆的脚步，稍微留恋一下身边的变化，你会惊喜地发现，我们又何尝不是天天在如诗如歌的风景中享受生命的朝阳呢？花儿与少年编织着教育领域的中国梦，我们便是这追梦人。

学苑春

学苑春韵褪朦胧，柳烟繁花数重重。
鸟鸣晨曦欣欣语，清朗天气熠熠升。
玉兰清芬吐细细，郁金萌蕊点点星。
白杨冉冉梦复醒，新芽茁茁绕紫藤。
芳草连碧斜径外，杏梅嫩叶扶残红。
盛色惹目开襟怀，往事如昨从东风。
思接浩瀚万里程，风云际会乘飞龙。
夸父逐日偶拾遗，女娲补天忆桂宫。
三更执灯诗书里，子夜开窗望星空。
呼朋酒垆闲逸趣，唤友郊原连古城。
家国天下雄心在，职场求索任驰骋。
意气勃发人惊叹，豪情昭然铿锵声。
盟约笃行恒一是，典型犹在寻常中。
自云岁月多俯首，循律惜时四季征。
九曲衷肠却纤尘，玉壶冰心轻浮名。
未缘身世甘虚老，岂因庸碌业缘平？
长歌久闻还神往，中流击楫与君同。
艰难困苦蓺然过，沧海桑田古今通。
偶有纷争终眼青，峥嵘坎坷铸豪英。
园圃耕耘经年事，杏坛勤勉冀中兴。
汗牛充栋丹青手，桃李报主立勋功。
怡然信手添灿烂，流金岁月酬人生。

三月二十九日。漫步于菁菁校园，满园春色惹人醉，唤来春同住。

园圃歌

长安熏风春色早，鸟啼声里柳枝俏。
梅李落红隐青草，玉兰缤纷径不扫。
竹笋嚯嚯日夜高，丘葵欣欣气运娇。
芭蕉簇簇着绿袍，蔷薇脉脉破新苞。
紫藤抱壁匍匐行，石楠层次正分明。
槭叶嫩蕊醒春梦，樱树碧翠合玉冰。
银杏氤氲情义浓，李槐向天意千重。
丹桂携子又征程，郁金香漫快哉风。
品读学苑四季识，醉人丽景看幽姿。
漫道寻常蕴奇崛，绝胜园圃清味知。
赏心乐怀杏坛事，阅目诗书倍怡神。
但使襟怀铭大道，我辈皆是武陵人。

三月二十九日。游马嵬驿。马嵬驿遗址是唐朝由盛转衰的历史见证。据史书记载，公元 756 年夏（唐玄宗天宝十五载六月），安史叛军攻破潼关，唐玄宗与杨国忠、杨贵妃姐妹等仓皇奔蜀，路经马嵬驿，六军徘徊、持戟不前，一致要求诛杀杨国忠。接着，随行郎吏又恳请玄宗以贵妃命抵天下怨愤。玄宗无奈，只好反袂掩面，让人缢死杨贵妃。史称“马嵬之变”。往事已矣，但往事并不如烟，前车之鉴应为当下所纳。

春游马嵬驿，别是一般滋味在心头。想起了杜甫的《春望》诗“国破山河在，城春草木深。感时花溅泪，恨别鸟惊心。烽火连三月，家书抵万金。白头搔更短，浑欲不胜簪。”

春望

郊原舒人目，花木撩身心。
青翠接天碧，明花隐远村。
深巷萃淳朴，阡陌亲乡音。
相与还西府，逸韵芳古今。

马嵬驿

开元盛世后，祸乱萧墙起。
宫闱闻鼙鼓，六军动杀机。
君王痛无奈，断魂绝连理。
望都亭下泪，遁逃日夜泣。
可怜长安望，乾坤忽崩离。
前朝诚可鉴，天地马嵬驿。

三月三十一日。校园里的一座危楼终于拆除了,一块心病落地。同时建新楼的手续开始启动，乐观估计，等审批手续停当，至少需要一年多的时间。不能让土地在等待中荒芜，必须美化，必须与教育教学活动紧密结合起来。

经过集思广益，我们大家齐动手，建设生态园。我亲赴杨凌农科城，采集近四十种苗种。整饬土地，灌溉施肥，下种植苗。一场春雨过后，昔日的待建工地一个华丽转身，成了校园里最美丽的地方。“培育”、“呵护”、“成长”、“收获”、“分享”这些闪光的词眼牢牢地根植于我们心中。享受创造劳动的快乐，就是幸福。教育需要农耕心态。

园田吟

除芜去荒弃旧痕，垄畔犁锄土壤新。
肥田整饬风细细，春雨点种育苗根。
依稀年少语农事，似曾相识意真淳。
前呼后应从学苑，喜看来日醉花阴。

四月五日。清明节，万物复苏，草长莺飞的美丽季节到了。我在小雨中漫游曲江南湖，欣赏明媚春光，领略古城变化。“承古开新，大气包容”，西安城市精神于斯为盛。

清　明

曲水茫茫翠浮空，长桥隐隐梦仙宫。
新街繁华漫欣韵，故地楼阁遗古风。
文物幽怀无穷意，驿道还牵丝路情。
依稀长安万国拜，十三朝都幸古城。
陈迹昭昭舒望眼，兴衰历历道复通。
思接千载闻暮鼓，继往开来聆晨钟。

望湖楼上叙辽阔，赏月亭下论豪英。
寻常咏史寻常叹，多少复辙兴替中。
我今漫步忆浔阳，雁塔无名一身轻。
东西南北春事盛，远近高低肆意行。
芳草碧波交相起，啼鸟花枝逗素红。
闲看郊原邀约日，一城烟雨共清明。

四月九日。校园春光美，人陶醉。

醉　春

四处新绿碧韵浓，小园乱点扶翠生。
最是庭院罗盛色，郁金香阵闹春风。
日熏枝头花蕾破，气势如虹豪气升。
常思苗圃酬人愿，芳菲竞妍醉园丁。

四月二十四日至二十五日。汉中公干之余，游览骆家坝古镇，登顶午子山，观光江塝茶园。陕西“后花园”的“小江南”的确名不虚传。组诗以纪念。

茶　道

翠峰泊烟雾，幽谷浮云流。

晨露碧叶秀，曲径林阴柔。
此间生仙境，人在画中游。
山水生灵性，浮生自可留。

江　塄

高高低低别样，远远近近云上。
层层叠叠苍茫，莺莺燕燕庭堂。
氤氤氲氲茗香，清清爽爽明朗。
隐隐约约心房，山山水水文章。

骆家坝

好山好水好幽林，云岭新村古风存。
撷取明景寄红笺，心绪浩荡长安人。
骆家款款无穷尽，驿路处处倍觉亲。
香茗一杯惹人醉，清韵缭绕似晤君。

午子山极顶

万谷俯足底，千峰接天梯。
松风筛日影，道观藏玄机。
午子品仙茗，亭阁云岭依。
归来思茶道，故人何离离。

四月二十八日。我的生态园生机勃勃，处处脆生生的惹人眼。俗话说，“人勤地不懒”，只要用心，只要行动，哪里能没有收获呢？心里美，看笑脸。

菜园小记（一）

旬日耕耘汗入田，培土育苗人未闲。
朝暮探寻细细看，旦夕侍护殷殷见。
雨来雨去春雨眷，云卷云舒碧云天。
嫩芽纷纷弥清妍，新景熙熙翠满园。
闲步埂畔亲物缘，酬我逸趣跃笔端。
农事欣欣入学苑，菁华灿灿出长安。
诗书浑如稼穑恋，邃密求索岂厌倦。
豁然斗室大无边，一庭新苗浩山川。

菜园小记（二）

学苑日日伴阴晴，栉风沐雨还兼程。
培土育秧根苗旺，乱芽浮碧又清明。
朝夕数望醉人眼，鸟跃田埂呼朋伴。
最是学子欢欣事，前途灿灿似小园。

菜园小记（三）

深春难有连日晴，流云过处又雨行。
芳华渐尽绿柯染，田畴青翠逐碧城。
闲步清风相顾笑，物宜醉眼酬人情。
但缘桃李栋梁梦，经年躬耕最园丁。

四月三十日。春天渐进成熟期。处处绿汪汪、香甜甜的。校园里，春满面。

学苑春深

笋向云霄青春行，菜园葱茏望收成。
四处清景迷人眼，满架花香快哉风。
学苑菁华经年育，冰心衷肠寻常迎。
读书明理循大道，胸有丘壑轻浮名。

二零一六年

二月九日。渭河大堤的确是一处好去处，防洪大堤的壮观，河道疏浚后顺其自然走势而建的湿地公园的匠心独运，名目繁多的花卉张罗的群英会，还有游人不多带来的恬静，都让我流连忘返。人与自然和谐相处，彼此欣赏，是大美。而“疏导”一词在教育上的广泛使用，不正是水利上的建树给予教育的启发吗？万物皆于人心，关键在于用心思考。

春游城北

胜日闲情出城郭，画屏入目醉婀娜。
残雪写意融薄翠，东风拂面逗春波。
芦荻合花根芽浅，啼鸟呼伴鸢穿梭。
最爱斯地缘分久，经年掌故寓心乐。

二月十二日。第一场春雨细细密密，一点都不张扬，真应了“润物细无声”的说道。路上行人比较少，难得的清静。病未愈，但游兴不减。在料峭的风中沿着竹林小径缓缓而行，雨声、风竹声、脚步声、偶尔疾驰而过的汽车的轰鸣声，在耳畔回荡，却没有素日里喧闹的感觉，反倒生出久违的悦耳之音来。闹中取静，有时更能生出发自内心的热情，它是一种宁静中的热闹，是一种别样的自话自说。

喜雨游

万斛玉珠落古城，如此风雨正好行。
抱病徐步竹蹊后，喜听春雷第一声。

二月二十二日。年味渐近尾声，也便是最热闹的时候。正月十五闹元宵，人们可舍不得错过感受这热烈的气氛。逛庙会，转商场，游郊原；亲友会，同乡会，同学会，一个都不少。春天不负众望，闪亮登场，给你一个梦幻色。

元宵日游北城西安湖

迎春花波溢满蹊，柳芽栖枝翠粒粒。
衰草遥遥浮柔碧，芦海深深乱鸟啼。
长堤幽径赏辽远，晴云伴日鸣雉鸡。
最爱春水明人眼，风动涟漪倩影奇。

元宵夜（一）

古城池畔春水流，良宵曾与同侪游。
今夜赏灯谁与共，明月皎皎下西楼？

元宵夜（二）

锦瑟年华好青春，良宵花伴醉知音。
弦歌声里佳节庆，明月一轮耀冰心。

元宵夜（三）

华灯酬胸策，最忆是社火。
观者如卷潮，空巷醉心乐。
夜来倾城动，月光浮天河。
三五还祈愿，团圆福满多。

元宵夜（四）

无限风光无限情，火树银花妆古城。
户户庭院喧笑语，家家门前悬华灯。
料想故园应如是，烟花爆竹竞相争。
十分欣悦今宵共，一年之计春发生。

三月一日。美丽的校园，美丽的花园，这里是花儿与少年编织的梦。我的校园，我的情缘。

学苑即景

暖日曈曈贺春晴，物华欣欣唤东风。
郁香点点旦夕竞，池鱼欢欢潜影踪。
麻雀最爱翠柳停，喜鹊偏好枝头鸣。
花下少年笑语迎，杏梅红晕醉浓情。

三月三日。初春的山风依然犀利，但多了一点点温润的感觉，隔年的树木开始有了翠韵，旷野里觅食的鸡仔全然不在乎陌生人的光临，一派悠闲自得又专注的神态。远处山头的残雪开始消融，斑驳陆离，如同水墨写意。农家门前三三两两拉闲话的邻里，那种恬淡安详和知足的神情令人羡慕。其实生活本质上不需要夜以继日地忙碌。修炼好心境最重要。

游大洋峪

晴日呼知音，曲径向山村。
鸡食荒野地，家犬护宅门。
幽谷生春水，乱鸟鸣深林。
竹畔映雪影，山坡醉黄昏。
农闲乐群聚，趣语最比邻。
朴淳安可道，置此净人心。

三月十三日。我常常在周末的时候回到北城的寓所，我将它戏称为“养源斋”“闲怡馆”。这里虽处于闹市区却很幽静。特别是园林式的庭院几乎汇聚了春天所有的美。除了耳闻目睹的美，你还尽可以享受遐思之美。我还给它取了个好听的名字，叫“兰庭舍”。

兰庭舍

闹市栖幽处，云楼静人心。
开窗参差树，美目聆春禽。
丹青合天籁，旦夕享清芬。
不敢独撷之，素笺向使君。

三月二十日。春访陕西师大，这里是我精神的殿堂，是我职场的导师。我曾渴慕成为其中的一员，至今痴心不改。作为客座教授，虽然部分地实现了我的梦想，可我总觉得自己只是一个匆匆过客。当然，即使过客，也要着力扮演好自己的角色。眼下且享受这无边的春色吧。

学苑清景

无论东西南北中，红素粉紫各争锋。
小草无赖生颜色，浅翠深绿逍遥行。
蹊径悠悠花下伫，湖畔陶陶望书亭。
正是学苑春胜日，满园清景汇菁英。

三月二十一日。人生难得良宵度。在春夜细雨中闲步西苑，空气中弥散的清和味道舒心极了！迷离灯光，雨露花树，玉珠芳草，这朦胧浪漫的春夜让人留恋，让人思念，让人遐想。

夜游西苑

春树著花夜未眠，竞相绽放味正酣。
我且浑如素日循，细雨香风美目前。

三月二十二日。自从女儿上大学后，这是我们父女俩第一次结伴而出，好幸福。我们在雨中游览了世博园。处处美景美不胜收，而女儿成为这风景中最美的流动风景。青春美，美无敌。

携女儿游世博园

芳草萋萋花蹊间，天光如水水盈天。
花中仙子谁为最？数我千金第一先。

三月二十三日。从西郊行北城途中，草木青翠，繁花罗秀，烟雨轻梦，意微醺。

杨柳枝

西苑北向抵凤城，一路繁花春意浓。
拂衣红素深意满，烟雨轻梦潇湘情。

三月二十四日。走在愈来愈浓的春光中，所有的注意力集中于“欣赏”二字。这当然也是锻炼观察力、审美力的最好机会。不负春光不负自己，尽情畅游才是正理。

路 行

树树繁蕊叠重重，枝枝清韵昼夜行。
一城花事逐日动，十里春风伴新征。
凤城故道故人意，西苑闲心浮闲情。
且将俗务云霄外，持樽期君花下逢。

三月二十九日。古人形容江南之美，用了“烟花三月下扬州”作为代表。北方虽不似江南婉丽，但也不失高雅之美。此刻，我眼前的西城完全可以与之媲美，且更有古典美与现代美交织的韵律感，是一种别样的美感。

西城观景

香风轻扬暖花温，落红降素壮脉根。
闲来幽径逍遥度，芳菲共语同知音。
城上赏花叹今古，河畔盘桓还惜春。
无限清景合人美，一生最爱惟朴真。

三月三十一日。我的寓所四季有花，它的主色调是青春的颜色。户外春色正浓，适时而动，屋里春意盎然，始终如一。世间事，可为可不为，在心，在理，在情。情理之中，谓之“心经”。

兰庭春光

四处眩目乐悠闲，九重法宫下谪仙。
十分秀色扑人面，万紫千红织野田。
兰庭不逊户外艳，玉露清和还叹看。
有情丽景有情燕，无限风光无限天。

四月十日。我第二次造访鲸鱼沟的时候，感慨于它变化的迅速，以为人只要有思路，肯实干，友善大方，必能成业。鲸鱼沟迷人的风景和主人的淳朴为它赢得了经济效益和社会效益双丰收。天地间，人居中，人最伟大。

鲸鱼沟访友

躬耕桑梓地，荒山藏稀奇。
辟径开新野，坡崖竹隐蹊。
云水人高处，翠目碧树低。
杂花缤纷色，香风伴鸟啼。
徐步又阡陌，禾苗菜有畦。
青春惹眸频，毗连数十里。
庭院蝶飞飞，池畔柳依依。

笑问主人为？自在聆方寸。
壮年辞官家，园田思根本。
绝然高粱谋，莲心却纤尘。
南海食美味，纵横最三秦。
豪气并智勇，驰骋逍遥津。
一生好交友，域中多知音。
茶道叙物理，博学通古今。
雅趣蓄妙语，钟情真朴淳。
日月沟壑间，四季拓闲田。
经营酬有道，鸡鸭兔满院。
流光多缱绻，锦绣遍莽原。
同侪寻常往，灵犀合家欢。
我识恨时短，犹怨缘分浅。
持樽捋袖前，肺腑剖肝胆。
率性直胸臆，万事义当先。
笃行诚信本，乾坤共方圆。
归来不觉晚，良宵兴未眠。

四月十六日。故乡，亲情的纽带，生命的根脉，儿时的记忆，当下的牵挂，化作足下的轻舞。回家的路总是亲切；想起家，满眼都是风景。

故园情

芳树栖花魂，落红壮脉根。
青杏枝重重，菜蔬畦欣欣。
野田张罗地，轻梦织翠阴。
清风逐声欢，倦鸟翔暮云。
幽径浮碧意，清寂慰人心。
依稀儿时兴，无赖最乐群。
朋伴无大小，玩劣率天真。
仿佛还昨日，霜鬓倏忽今。
慈母多絮语，家常倍温馨。
持谢弟与妹，手足情义深。
万千何可道，凡尘最知音。
归来相与叹，惜春更怜亲。

四月二十四日。游览位于终南山北麓的阿姑泉牡丹园。这里缘有三口千年不涸的泉，故名为阿姑泉。它四周环境清幽，附近名胜较多，特别是 1993 年牡丹园建成后，每年春季有更多的游人前来观光。“赏花何须去洛阳，阿姑泉边牡丹香。古泉山麓多异彩，无限风光在画乡”，这也许是春天的阿姑泉最好的写照。

春日游阿姑泉

丽日携清风，迎我终南行。

青翠叠大道，明蕊秀目中。
迢迢趋新径，邈邈云汉空。
循向罗故地，逐梦忆芙蓉。
欣欣何所见？花去叶分明。
同侪浓林唤，知音遥影踪。
独坐卷舒顾，绿海点素红。
漫山碧油透，幽谷鸟脆声。
农家食野味，樽频相与同。
浮生闲逸伴，还惜深春情。

四月二十九日。时序已然到了深春季节，“人间四月芳菲尽，山寺桃花始盛开”，的确这样。倘若没有经年的细心观察，何以有如此独到的见解？经典的东西，自是不会因时光流逝而湮没，有时反而在浮躁年代更见智慧，更熠熠生光！前见古人，后有来者，这是社会发展的必然。

暮春赠友人

花蒂遗残红，翠绿织碧秀。
竹径鸟音伴，藤萝爬篱周。
深浅逐一色，林海浮青幽。
暮春还相祝，浓烂接碧油。
冉冉生明蕊，簇簇茁芽新。
萋萋思芳菲，飞飞绕蝶追。

去来携手与，真淳昨与今。

悠悠比目愿，天地人和心。

五月一日。美丽的校园成了名副其实的花园：脆生生的苗圃，红彤彤的石榴花，绿葱葱的竹子，荡秋千的牵牛花，爬篱笆的藤蔓，烂漫的月季，葳蕤的石楠，茂盛的槭树，青春的李槐，合唱的鸟儿，琅琅的书声……我的校园，我的家。

学苑景新

夜雨生新凉，明翠浮清香。

深树闻鸟语，脆声幽意长。

门前伫相望，院内夏开张。

足下无由主，牵我向篱墙。

榴花铺蹊径，劲竹竞天昂。

李槐覆云冠，槭林青春扬。

甬道秀色舞，豪华龙虎榜。

月季凝芳脂，碧草露锋芒。

石楠弥津润，藤蔓织霓裳。

亭榭风细细，楼台势泱泱。

移步小院前，园圃好景光。

人勤地不闲，根苗正兴旺。

前后互媲美，彼此夸茁壮。

欣欣枝叶间，粒粒子聚欢。

昼夜不歇息，收获酬人愿。
旦夕呼群看，惊喜添新颜。
翌日又观探，硕果语争喧。
归来犹叹赞，幼苗不愁长。
个中原委道，助力身自强。
耕耘藏技巧，守护恒有方。
动静依物理，万事亦寻常。
感言桃李梦，循此育栋梁。
莲心却纤尘，精专业弃荒。
襟怀纳天地，英才济城邦。
神思何向往？学苑即心乡。

五月二日。深春时节的雨颇有一些豪气，它将生长的力量化作新竹的拔节声，化作一树的碧绿，化作浓烈的草味，化作醇厚的香风。雨中赏小园、回故园，别样好心情。

雨中游小园

一城清濛翠枝柯，万斛玉珠织烟萝。
闲看老藤伏墙碧，静听新笋舒婀娜。
雨来草味浓似酒，风过花香蔷薇多。
且将画景诗囊倾，最是小园慰心乐。

故园小景

斜风细雨网清柔，渭水倩踪向东流。
素白红妍动心扉，青翠碧透罗静幽。
故园明眼情切切，宅门絮语意悠悠。
欣有高堂安康寿，怡然胸怀夫何求？

五月四日。终南山。青山妩媚，碧水淙淙。月夜的清净最适合心灵的热闹。往古来今，跃心头。欣然命笔。

山中行

夜雨新绘浮翠屏，朝露穿花落残红。
鸟鸣清阴幽径里，天光云影图画中。
山重水复豁然见，远村静卧沐竹风。
登临极目赏仙境，群峰俯首何其雄。
形容缤纷出红尘，意态优姿索神功。
狭谷青葱怀抱碧，涧壑石泉白浪明。
瓦舍篱栏门前望，青岭横亘迤逦行。
思接千载连秦韵，视通万里环宇征。
长空并辔骑神马，九霄往来驾赤龙。
御品阁轩玉皇宴，桂花美酒金蟾宫。
蓝关挥鞭驱四运，邦国朝拜长安城。
乾坤有道从今古，浩荡深远无尽穷。

故人欣然温相忆，依稀韶华留倩踪。
寒门深谙求学苦，日伴晨曦夜月星。
霜露雨雪寻常事，春夏秋冬一般同。
稚童倚门还羞走，食指含口语无声。
俄顷搬椅客先坐，少时朴纯显精灵。
归途唏嘘生计艰，荷锄负薪遇家翁。
硬朗达观鲜有愁，气定神闲足下轻。
捧觞举箸农家乐，美味佳肴情意浓。
微醺持杯遥相看，月楼欢颜何豪兴？
吟罢中天冰轮转，为君聊作山中行。

五月六日。这个春天的雨，最寻常。它似乎和大地的调色板商量好了，铺陈勾画，起承转合，浓淡疏密，俊俏圆润，热烈素雅，让你在啧啧称赞中俯首贴耳，爱春天。校园里的劳动，更为春天种美色，添美图。

西苑访春

时有风雨并日曛，朝和晨曦暮星云。
携子垄畔逐畦灌，快当汗滴育苗根。
萌芽新蕊竞丰茂，怡然氤氲浮清芬。
丝丝袅袅香馥漫，冉冉翠翠菜叶肥。
赞语频频持相祝，笑靥盈盈琅声飞。
忠朴勤笃行为道，菁华鼎盛报青春。

真爱博达明睿智，西苑衷肠话古今。
且行且思且追忆，无限清景美人心。

五月十三日。与同事访问他的一位同窗。闲聊中得知友人二十年前从政顺风顺水,颇有政绩。还以好读书、善思考、会经营见长。一日忽闻其辞职下海，远赴南方。经年之后，又杀回古城，承包家乡附近一座荒山。

又数年，昔日荒榛之地，穷山恶水，变成了山清水秀、美食闻名、休闲怡情的风景名胜。归来慨然：人的能力有大小，倘能听从内心的召唤，践行于所思所想，即使奔波劳顿，依然内心丰盈，幸福快乐。

鲸鱼沟

松竹掩幽径，深林闻鸡鸣。
芳草妆崖畔，碧波映青葱。
夕阳藤壁照，野味腊酒浓。
沟壑藏锦绣，寻常涧谷中。
此间存真趣，物华自纯清。
人亦有其道，何必逐浮名。
直诤并宛转，率性四季风。
慷慨岁月馈，流年长歌行。

五月十四日。从古城西安乘车南行约四十分钟，便到了赫赫有名的终南山祥峪。方圆数十公里的风景区，峰峦叠嶂，曲径通幽，流水潺潺，紫气缭绕，云海茫茫。半山腰中，偶尔可见红顶屋，禅心萌动，门前发呆，好修心。

山中即事

林深透微光，青山半明阳。
曲径幽草密，崖畔矗素房。
故人邀约至，场院话家长。
眷眷携拳拳，桑梓常梦乡。
捧杯遥相祝，康健期高堂。
与君分心语，温馨夜未央。

五月十五日。距今六百余年的明城墙，是目前世界上保护最完整的城墙，也是西安城市文明的特色名片。徒步走完全程 13.7 公里，约需 3 个多小时。踏着足下的方砖，感知历史的厚重，登临送目，又见现代化建筑一派欣欣向荣的气象，顿生变化日新月异的感触。承古开新，继往开来，是我们目前应有的担当。而新丝绸之路经济带的提出，又为古城发展成为国际化大都市注入强大活力。“梦回大唐”在悄然间慢慢变成灿烂的现实。

登城墙感怀（一）

绿翠参差旌旗红，纤云日暖燕凌空。
金顶云干栖禅寺，多少掌故古今中。

登城墙感怀（二）

夏木葱茏郁森森，城墙巍巍叙古今。
海市蜃楼深深见，谪仙下凡般般亲。
寻常临兹遣惬意，一般览胜醉和春。
但将清景作素笺，处处云天伊人心。

五月十七日。我日日漫步的小园里青春鼎盛，一派闹中取静的田园风光。好思路，好行动，好成果，好心情。

小园

霞光点点清韵长，绿叶簇簇风茂扬。
枝蔓青果藏不住，风过碧波菜畦香。
垄畔驻足分笑语，物华释意细商量。
自当耕耘还勤勉，酬我园圃育栋梁。

五月二十日。梦游瀛洲，仿佛重温《洛神赋》中奇崛瑰丽的情境，天上人间，即使谪仙下凡，也未必如我这般幸运。飘飘何所似，凡尘一逸仙。

夜 梦

昨夜思绪昨夜风，梦君与我共帝京。
燕山青青北海碧，高楼入云街衢通。
倏忽不见亲无影，丧魂失魄唤有声。
俄顷天昏云滚滚，霎时地暗雨汹汹。
问遍深巷无颜色，穷尽阡陌难觅踪。
惊悚身心寒恻恻，煎怀烹胆冷冰冰。
笃毅求索逢人问，凄语向前致名容。
闻者唏嘘还指向，摇头叹息自经营。
奈何福缘浑如此，恨无消息惜沧情。
耳畔清音丝丝叩，鸟鸣声里卧古城。
喟然津味绕舌走，懵懂复思还懵懂。
愿君怜此多缱绻，一生真爱在践行。

五月二十一日。校园里的池塘不大，但却是一方好景致。池水总是清亮亮的，里面放养着五六种色彩斑斓的观赏鱼，它们总是活泼泼地游动。池边摆放着的盆莲，每天都有新变化。上学、课间、放学，总有老师、同学驻足观看。

特别是小朋友们，在大人的指导下，每天会定时给鱼儿喂面包屑，小鱼虫。孩子们轻轻敲击栏杆，这些可爱的小精灵便会一簇簇地聚拢过来享受美食。

阳光、蓝天、白云，自由自在的游鱼，次第盛开的莲花，孩子们清澈的眸子、专注的神情、天真的笑脸，这幅画面常常浮现在我的脑海中。人与自然和谐相处，相得益彰，不正是我们追求的教育效果吗？热爱生命，敬畏生命，本身不正是重要的教育目的吗？

学苑池塘观景

鱼戏水波潜，携侣相与欢。
俯仰还观探，影动乐其间。
更喜翠荷伴，柔媚叶绿圆。
胎苞丛中卧，无赖态且憨。
稚子呼伴看，天籁彼此喧。
兴奋指尖炫，新奇谁见先。
池前美少年，笑靥竞花妍。
窃喜驻足观，欣欣乐恬淡。
以中悟大道，清芬滋容颜。
物华本真淳，轮回终自然。
天地诚可鉴，往来灵犀传。
简直驱中通，万事惜人缘。

五月二十一日。下午。故乡。老宅房前屋后的林子脆生生的明蕊，屋顶的瓦楞间的苔藓也是绿蒙蒙的，挨挨挤挤在一起，似乎在诉说着家族的历史。庭院中一株长满虬枝的石榴树花儿正开得火红一片。每每回到家，总是暖暖的感觉。年近八十岁的母亲饱经沧桑的脸上，总是挂着核桃纹一样的笑容。

嘘寒问暖，身体工作，孩子爱人，是娘亲永远不变的“老三样”。年复一年、循环往复絮语中，传递的浓浓亲情总令我感动。父亲走后，母亲成了儿女唯一的宝，“护宝行动”便成了我两周一次的常规工作。幸福原来很简单：常回家看看，常开心。

故 园

郊原花木浓，翠眼开心明。
绿陈乡间道，浅黄麦气清。
庭院榴花艳，廊檐紫藤葱。
雨后新瓦碧，苔痕浮油青。
故园初夏约，馈我儿女情。
慈母罗絮语，忆昔叙父翁。
般般何从道，切切思影踪。
冥冥形迹在，历历数音容。
深深植血脉，亲亲桑梓梦。
往事不可追，来者续家风。
临别复叮嘱，康健安平生。
归途向昏晚，彩云夕阳红。

夏之茂

二零零八年

六月三日。长安大学社区的荷花池热闹起来了，朵朵莲花纵情地开放，亭亭玉立的枝蔓下面，不时有鱼儿游过。夏的美颜总在心头荡起层层涟漪，快乐的日子总会随着心绪的调整而增多，不能改变环境那就毫不迟疑地改变自己吧。许多时候，即使做一个孤独的遐思者也未尝不是一件幸福的事。

荷塘心曲

夏花如面各不同，醉心隐于芳菲中。
小池娇媚似宝镜，娉娉袅袅玉芙蓉。
灵犀一点师恩在，荷塘流韵誉美名。
万事和顺心为本，情理兼顾是神通。

六月五日。曲江新区一千五百亩的大唐文化遗址公园正在复原，与远近闻名的大唐芙蓉园融为一片，其中水域面积就达七百余亩，修竹茂密，亭台楼阁，浮光掠影，古韵悠然。我特别钟爱这里的竹子。

竹 韵

清雅脱俗立水滨，风月夜露韵更深。
一任闲逸物态殊，萧萧亭亭胜芳菲。
幽径漫道生林阴，蓬勃葱茏燕绕飞。

交情尽隐幽篁里，人间一流最此君。

六月七日。高考。回味自己当年历经的辛苦，恍如昨日，历历在目。“你问我欢乐今何在？窗前明月枕边书”是我那时生活的真实写照，铮铮誓言一刻也没有忘记。每天晚上，在摇曳的烛光下学习至很晚，对面的屋子每每传来母亲关切的声音，“快睡吧，明天还要上学”！

倦意袭来的时候，用旁边早已准备好的冷水擦把脸继续学习，《送东阳马生序》、《黄生借书说》、《项脊轩志》等名篇至今能熟练地背默。那时，我想到的是改变自己的生存状态就是对父母最好的报答，当然也是对自己负责。一直到现在我都坚持每天学习，我以为学习不仅是一种精神状态，也应该成为现代文明人的生存方式。

天眷英才。上苍也似乎格外关爱学生，今天藏起了酷热，下起了小雨，把清凉送给为考试而奔忙的人们。今日的辛苦，是为了明天的甘甜。我把自己当年的努力说出来，与孩子们共勉。

高考流年忆

东风拂面柳依依，书生斗室运心机。
暑天挥汗湿我衫，挑灯还读岂怨疲？
青果已向熟中看，窗前明月指夜半。
飞雪未止手中笔，犹借烛光书熊罴。
故园马路尘飞扬，一番心事在华章。
黄生借书说自勉，东阳马生序文长。
三阳塔下哨音疾，考场千军夺纛旗。

中有行者堪稳健，胸有成竹鸣风笛。
一朝成名归故里，寻常巷陌有知己。
而今再忆经年事，愿追新景自奋蹄。

六月十一日。法桐是古城最常见的行道树，一到夏天，满眼浓绿，硕大的枝干形成了一道道绿色的拱门，走在下面，顿觉凉爽。社区的围墙边生机盎然：枣树挺立，紫藤缠绕，牵牛爬墙，吊兰临风。生活中的美真是无处不在，只是我们的眼神有时候太迷离了。

夏日浓阴

林阴深深蔽晴仑，虬枝新成绿拱门。
每临此地怡身心，青睐才华溢美文。
晚与书生抒胸志，学苑多是有趣人。
客居长安实未易，肯将岁月换诗魂？

六月十五日。大雨未能阻挡我们登山的步伐。一路上很少有人，雨雾升腾山气清幽，乌云翻滚，这样的日子对我来说有一种挑战自我的享受。体验的过程常常就是享受。

雨中登山

黑云奔涌笼青城，俄顷乱雨飞群峰。

原野阡陌生水道，远村依稀烟雾行。
田家惜时忙耕种，汗雨泥泞脚未停。
牵牛扶犁竞相走，下播成苗赖墒情。
入暮盘桓曲径探，浮云轻纱涧谷生。
山色好客酬野果，杏黄梅红甘味浓。
杂花漫道拜孤僧，尽摄清景有群朋。
多情山水犹痴我，夜雨窗棂更堪听。

六月二十一日。凉爽的夜。与父亲坐在门前的田边闲话。苍暮中的田园风光好迷人：倦鸟归巢，虫鸣合唱，云卷云舒。亲情如这夜色一般浓烈。

故乡情（一）

田秧破土正力行，日落黄昏露晶莹。
家翁闲话田畔坐，风过枣花似飞星。
远村疏离书恬静，旷野时有飞鸟鸣。
遐思常是故人意，向晚更寄未了情。

故乡情（二）

今夜月光分外明，父子谈兴月下浓。
不觉中月西天去，我怜月色好伴行。
清风晕月酣梦醒，门前花树月留影。
游子心思望月飞，月光总牵故园情。

二十五日。我总能在安静平和的环境中放飞自己的情感，而喧嚣和嘈杂则会窒息我的奇思妙想。我觉得，人们摆脱困境、解决难题的最好办法就是不断培养和储备自己的才华，提升自己的品位和境界。长久以来，我之所以喜欢独处，除了享受一份清静之外，也有汇聚能量的意思存在。有的朋友说我多愁善感，生活得凝重、压抑，缺少色彩，也许他们的感受是对的，但我独处时遐思的快乐他们却不能体会。

只要彼此快乐，对于其中的内涵和理解就不必强求统一了，整齐划一是美，和而不同也是美，诚如我写的文字，主要是自己心灵的漫步，别人的评价只是它的副产品。也如同我对爱情的看法，苏格拉底式的爱情自有它的美妙，但谁又能否认柏拉图式的爱情就不甜蜜呢?参观几所学校，感慨颇多。

学苑观感

浓阴蔽天凉满园，童趣尽释得天然。
莫言办学愁多困，公心所向天地宽。
夙兴夜寐伟业伴，淡定从容无恩怨。
栽桃种李千古事，万里江山从才源。

六月二十八日。凉台上的红豆开得正盛，吊兰也不甘居后，把一袭的绿色瀑布倾泻下来，它们可不满足呢，不断扩大地盘，竟趁着夜色和我们白天上班的时候，悄悄地爬到了邻家的窗棂上。这可不是侵略，而是友好使者喔。花的使者，处处受欢迎，连鸟儿也时不时地飞来光临。阳台上的生机勃勃让人想到了秋天的硕果累累。

凉台观花有感（一）

一只飞鸟两扇窗，吊兰清阴过邻墙。
红豆数颗枝头俏，朝霞初起楼半光。
假日惬意少匆忙，但作园丁勤花房。
人生事业无闲处，书斋飞笔更生香。

凉台观花有感（二）

西楼阶前浓阴成，去年新枝已绿藤。
遥望娉婷玉华宫，琴上十指生春风。
沉醉还吟如梦令，碧海遨游看精灵。
春花零落雾朦胧，有情闲听泉流声。
夏木阴阴酒意醒，夜深寂寂心不惊。
秋月户庭留疏影，年年飞燕添风景。
踏雪寻梅美人冷，万籁清和山水静。
偶坐邀约鲑鱼兴，醉眼牵动满天星。
交契重在心相通，才调绝伦逍遥行。
不必前后网芳名，万花丛中觅句工。

七月一日。今天是中国共产党诞辰八十七周年。屈辱中的奋进，创业中的艰辛，求索中的曲折，辉煌背后的艰难，化作历史星空中最耀眼的铭记。特别是今年，饱受磨难与诘难的中国以一个大国应有的风范和精神赢得了包括他的敌人的喝彩，执政力的成熟与发展谱写了壮丽的一页。前面的路还非常漫长，不可预料的艰险还在继续考验着我们，愿我们的执政党一路走好，愿年轻的我们能够经受住考验和历练。

佳日感怀

嘉兴南湖泊游船，创业八十七年前。
南征北战热血洒，攘奸驱夷斗凶蛮。
铁肩道义从来担，不屈脊梁挺世间。
求索曲折苦亦甘，生民同根共赴难。
横空出世眼前事，感天动地今又传。
国威扶摇交口赞，寰宇争睹风流颜。

八月四日。空气里散发着浓浓的湿气，弥漫着土腥和草叶的味道。生病的一个好处是带来了片刻休息。坐在窗边，粗壮的法桐茂密的叶子半是透明半是深暗。流云走得很急，天气更加阴沉。我突然想起了卢梭先生的《忏悔录》——那个真诚的绅士，以其对世人的真诚和敢于毫无保留地剖析自己赢得了后来者的广泛赞誉——尽管他在有生之年的绝大多数时光一直与偏见、不解、孤独做伴，但大自然给予他的厚爱使得他在生命的晚年又开创了西方浪漫主义文学的先河，《一个孤独漫步者的遐思》成就了“遐思”这种新的文学体裁，奉献于人类的是人与大自然相融无间、息息相通的和谐画卷。他留给世人的不仅仅是皇皇数十本巨著，最重要的是启迪人们对于自身存在的思索，个人对于社会的责任。

卢梭真诚的自我流露和剖析，为后世矗立了一座敢于在公众视线中解剖自我的丰碑。巴金先生曾动情地说，“我写小说，第一位老师就是卢梭，从《忏悔录》的作者那里学到诚实，不讲假话”。郁达夫说，“法国也许会灭亡，拉丁民族的文明、言语和世界，也许会同归于尽，可是卢梭的著作，一直要到了世界的末日……才能放尽它的光辉”。我更欣赏歌德的说法，“伏尔泰结束了一个世界，而卢梭则开始了一个世界”。

病榻琐忆

云层飘忽含雨重，窗前日照树半明。
病榻侧卧未欲起，似梦犹醒倦情中。
钩帘仰面迎弱风，灵台有爱香正浓。
触目凄美生遗恨，静对白壁思人生。

八月九日。莲湖公园。从北门而入，直入眼帘的是亭台楼阁间生机勃勃的荷塘，密密匝匝的叶子几乎遮盖了底下脉脉的流水。亭亭玉立的叶片间点缀着朵朵含苞欲放的、半闭半开的、灿烂盛开的莲花。粉白的，赭红的，白中见绿的，绿中透红的，煞是好看。荷塘边多是晨练的人们。眼前的美景让我在清晨的召唤中带着一种快乐的心境去工作。

观荷有感

去年小荷孕新胎，睡莲云梦醒复来。

霞光只在闲里度，一池清荷向阳开。

八月十七日。一场细雨送来了清凉。碧空如洗，草木苍翠，花儿娇艳诱人。夜色中的大雁塔广场分外美丽：曾经一枝独秀的春晓园如今和整个曲江文化生态区融为一体，无处不在的人文景观与仿江南水乡式的自然景观交相辉映。在这里漫游，一天的疲惫一扫而光，身心的愉悦替代了喧嚣和纷扰，好惬意。

游雁塔广场（一）

清风细雨夏似秋，长安暑气一时收。
高楼酣卧沉香枕，鸟下绿芜鸣啾啾。
旷达有意怜夫子，才俊笔底泻清幽。
请君且看东流水，迟暮英雄亦风流。

游雁塔广场（二）

夜风携雨送清凉，竹篱落花浮池塘。
满眼但见暑气暮，草木出浴着新装。
青虫有声歌音起，催醒酣梦迷晴光。
破暑流云微风动，丹青造化情韵长。

八月三十一日。车子行进在广袤的关中平原上，沿途旖旎的田园风光勾起了我对故乡的思恋。到处是绿色涌动的海洋，明澈的渭河和浐河像两条玉带缠绕在翠绿之中，起伏的原野播撒着无尽的希望。大自然是多么美好，而我们的教育制度却窒息了多少神奇的思想！我焦虑的心灵渴望吮吸大自然的琼浆，以滋润我热爱的教育事业：为了孩子们健康的成长，为了成人们呼吸自由的空气，不再饱受心灵的折磨，我愿把悲壮的旅行坚持下去！我需要更多的钟情于教育而不仅仅是把它作为生存之本的盟友，我热切地盼望有更多志同道合者的加盟。在对于教育事业的忠诚上，我的心底从不设防！

车过故园感怀

难忘故园已数巡，多系浮名累此身。
歌声响彻流云动，职场不作平凡人。
闲翻诗书静观花，爱恋清音亦登塔。
往来绝少名利客，俗韵与我是两家。

二零零九年

六月二日。黄昏时分，车子沿着绕城高速飞驰，两边深密的林带迅即向后飞逝。我们仿佛驾着一叶扁舟行驶在绿海里。

太阳渐渐地向西天下坠，变成了硕大的火红的圆盘。晚霞映红了天幕，鸟雀们呼朋引伴飞向回家的路。黄昏的原野更加诱人：儿时曾经见过的以手工劳动为主的壮观场面早已不复存在，代之而起的是收割机在麦田中欢快地奔跑。连片的金黄地带诉说着丰收的喜悦。早耕的土地里已经长出了玉米，田间地头零零星星可见扛着农具准备回家的人们。

夜幕降临了，空旷的天幕上缀满了星斗，久居闹市的人们何曾享受过这般恬静的田园生活呢?

车子行进在深山中，连绵的群山黑魆魆的，一弯新月从峰峦间爬了出来。公路旁是潺潺的流水，温润的夜风最能令人产生遐想。如此清朗的夜晚，如此动情的歌声，如此静谧的大山，如此闲幽的意境，乐不思返。组诗以记。

山中行（一）

天幕深邃缀斗柄，明月临窗筛疏影。
朦胧非是无情物，终宵随人处处行。

山中行（二）

郊原多味舒清幽，皎皎银辉泊心头。
似此良宵常期有，终南夜色一并收。

六月十二日。关中平原旖旎的田园风光和远处连绵起伏的终南山脉令我心旌荡漾。到处是绿色涌动的“海洋”，明澈的沣河缠绕在翠绿之中，刚刚收割过小麦的原野露着黄灿灿的麦茬，又在开始孕育下一轮收获的希望。

夕阳西下。我们坐在山脚下农人的庭院中，一边品味着美食佳肴，一边欣赏着日落黄昏的壮观。薄雾如纱，轻轻地缭绕在半山腰。归巢的鸟儿们还在积极准备一天中最后的一场演唱会。热情好客的主人拿出了十八般绝活儿，尽情地展示着烹饪才艺。

俯视北方，星星点点的村落隐藏在茂盛的密林之中。远处的天地变得茫茫苍苍，犹如水天相接的蔚蓝的大海。

夜深了。回首终南，真正领略了“圭峰望月”的美妙，满天的星斗勾起了我对儿时乡下生活的美好回忆，鲁迅先生笔下的《社戏》、《少年闰土》的许多情景穿过时光隧道在眼前闪现！

清风明月，饮酒开怀，这玫瑰般的夜色舒展着心灵，给予它如许的温润与熨贴。如果教育也能这样的本真，该有多好！这是我考察一所乡间学校时所看到、想到的。

风景这边独好

诗词学苑流韵传，松竹环抱闻芝兰。
儒雅遵从富庶地，幽远宏阔归园田。
书香氤氲行程远，百亩庭院乐寸管。
栽桃植李今生事，朝夕竞发莫言缓。
曾因名校惹留恋，今见斯地更欢颜。
飞笔难尽开怀意，且将感铭居心间。
吟罢悠哉驱终南，风景醉人数山川。
垄畔红桃隐碧秀，野畴瓜果可意甜。
故友新交邀山半，农家腊味食多鲜。
数点飞燕霞光里，清风斜月暮云天。
归途唏嘘惜时短，交契总嫌相识晚。
惟愿学苑续慷慨，壮丽人生谱新篇。

六月二十二日。皇峪寺美丽的田园风光吸引着我们。人的自然天性在那里几乎都能寻到踪迹，犹如大山和清泉一样虽有远近高低、宽窄疏密之别，但却不失本色。第一次见到栗树开花，很是新鲜。许多时候，熟悉的东西却并不熟识，总是似是而非，懵懵懂懂。说不清楚自有它的妙处——至少不让人在寻求深刻的过程中费尽心力。

黄昏游皇峪寺

初见栗花满眼明，更见满枝杏已红。
通天幽境少车马，青冥深隐翠微宫。
农家悠闲自在翁，逍遥风景殊不同。
俯瞰危崖伏足下，回首人在云峰中。

七月二十一日。西大街的槐花花期将过，漫步青砖铺就的林阴道，清风中细碎的花儿簌簌飘落，扑鼻的芳香一缕缕传递过来。灰色的城墙，朱红的城门，檐角高挑的箭楼，临街丰盛的风味小吃，古城浓浓的韵味显示着她的魅力。长安是中国的心，我爱“我的中国心”。

古城新韵

青砖深巷意蕴长，关中百味尽回坊。
久别何似寻常见，清风暗潜槐花香。
我自只道起新航，慧根灵运破迷茫。
人在旅途常回首，丽词一曲酬衷肠。

七月二十四日。行走在思想的云上，就像走钢丝，这种挑战的刺激会有难以预料的风险。教育也是如此，总得有人去走。驱车商州，追逐金丝峡美丽的风光。组诗以记。

金丝峡（一）

故人设宴聚星阁，山光水天云连波。
金丝峡谷情如许，复饮一杯君如何？

金丝峡（二）

顽石生奇树，天井金狮出。
风情怡然是，清幽满峡谷。

金丝峡（三）

一峰独兀似神笔，浓墨点染渲嵬奇。
言传诗仙飘逸处，灵秀长卷山水题。
造化邃密藏天机，人类巧思表心仪。
谁道天工是与非，物语人意总相宜。

金丝峡（四）

叠泉成潭积水清，山色倒影自澄明。
蛱蝶翩翩芳草地，林阴深深笑语生。
遮天蔽日翠微屏，细赏万树妆玉峰。
灵秀不负浮游意，气韵张扬缘君情。

八月四日。大雨。暴烈的天气不得不收起它的威风，一下子变得清爽起来。到处呈现出一派勃勃生机，树木彰显的深绿和芳草传递的翠绿，竹叶衍生的新绿和月季宣泄的明艳，都有一种不可一世的青春霸气。而凉爽温润的天气着实让人感觉到了久违的舒坦——好雨！

雨　趣

夜雨作道场，暑气盛威藏。
鸟鸣晨曦至，开轩纳清凉。
林园经营处，万树浓绿妆。
复行莲池径，并收芰荷香。

八月八日。驱车终南山下，简直喜出望外，竟然学会了钓鱼，吃过午饭，又进了山里，欣赏了黎元坪美丽的水光山色。

垂　钓

夏木阴阴照晴湾，稚子持竿鱼塘边。
鱼饵不见水中潜，蜻蜓一只浮标悬。
初识垂钓乐悠闲，水光潋滟动云天。
凉亭清风食美味，翠屏舒望终南山。

山　行

云像崔嵬气如山，凌波万顷欲作仙。
晴日好看奇绝处，青翠接天归园田。

清景回首收远眼，近郊芳菲忆江南。
亭亭莲叶合是好，朝日一轮荷红酣。

二零一零年

六月五日。别离父亲后，深怕母亲孤单，几乎每周都要回家，自然非常辛苦、疲惫，加之还有那么多的事情要干，有时真有力不从心的感觉。父亲在这个家庭中的分量到底有多重，我无法估量。每一次走到门前，看见田野中的一抔黄土和空荡荡的中庭摆放的父亲的灵台，看着老人家遗像中那张慈祥的笑脸，便不能控制潸然而下的泪水。一辈子刚强的父亲临到生命的终点，依然如故，更令人心痛……

院子中的石榴花正红，檐下的乳燕已经能够自主觅食，门前的树林也越来越茂盛，父亲在地畔亲手植下的两棵杏树枝繁叶茂，果实累累。睹物思人，不免伤感……

思 父（一）

庭院石榴花事浓，绿阴婆娑露杏红。
布谷声中将刈麦，故园田野诉年丰。
茂林蔽日落青城，家慈往往城中行。
勤巧多智善权变，老当益壮更豪英。
忆昔仙父健在日，巍巍坐拥翠微宫。
而今人去空寂寂，夜阑隔窗闻悲声。
但思家亲月三更，悲恸襟怀华发生。

檐下农具少人问，一抔黄土掩家翁。
孤母伶仃年多病，形单影只药未停。
感念阿姊多顾盼，床前侍母夜持灯。
归来心事似飞蓬，惆怅无言只攀升。
沉吟细思扼腕叹，分身总牵两地情。

思　父（二）

痛别六旬日茫茫，天高地迥枉断肠。
老宅门前一抔土，而今谁与叙短长？
星海浩浩走四方，日月昭昭思故乡。
离情难为浮云散，只恐光阴近重阳。

六月九日。今天读完了旅美作家刘墉的《生生世世未了缘》一书。遐思驰骋山水间，追赶赶路人。人的一生何其短暂，有那么多你牵挂的和牵挂着你的亲人、朋友，有那么多素昧平生的人在关注着你，关心着你，有那么多必须的甚至当下要做的事情在等待着你，所以，为了更好的纪念，可以暂时的忘却。想念父亲，努力工作，用业绩权作纪念。

职场自述

翰墨场中意气生，排兵布阵竞豪英。
神思悠悠斗室地，飞笔沙沙龙卷风。
贯注神情去懵懂，流光溢彩遗踪影。

经年苦甘不寻常，一日力鉴十年功。
风华正茂添锦绣，行思无迹任西东。
流金岁月忒有情，酬我燕然勒石名。
躬身问讯亲友盟，感天动地风雨声。
尽将才思从容过，笔锋所向谁为雄？
学苑石榴花事浓，枝叶扶疏露华荣。
痴心但如素日容，金石铿锵落古城。

六月十二日。夜梦。跑了好长的山路，趟过几条河流，与父亲阴阳相会，老人家反复交代家事，特别叮嘱我要照顾好母亲，一如他素来刚强的性格，告诉我他此行将不再回来！我严词拒绝，情急大哭，醒来泪湿枕巾。无法言说的痛……

梦 忆

六月麦正黄，磨镰欲开张。
车辙去故道，午梦觉困长。
云游又桑梓，风雨晦灵光。
音容依稀在，父慰无悲伤。
告儿心中事，赡母除病殃。
跪拜顿首疾，泣血留翁强。
旦夕思念深，恩义岂敢忘！
梦醒不见父，唯有泪沾裳。
驱驰归故里，平野收割忙。

慈母嗔还喜，扶壁下病床。
执手多问讯，视儿少安康。
羞愧无从起，相煎生情殇。
不惧天路远，清都行且狂。

六月十六日。端午节。回到老家，站在父亲的坟前，泪水止不住地滚落。想起三闾大夫屈原祠联语，“何处招魂，香草还生三户地；当年呵壁，湘流应识九歌心”。权且借用悼念父亲。

故乡行（一）

六月暑天麦正黄，布谷声里收割忙。
浓阴不掩归乡路，渭水过处村高墙。
庭院闲话多农桑，不见家翁生悲凉。
辞别娘亲正午后，几番心事对端阳。

故乡行（二）

昨日归故里，飞燕绕梁脊。
门前凄凉地，青冢草粒粒。
感怀慈恩意，思父常依依。
夜梦复迷离，泪雨故凄凄。
忍别七十一，今痛更昨昔。
中宵惊坐起，向隅独自泣。
生死何煎急，忧忧无绝期。

但求有灵犀，子孙还绕膝。

六月二十六日。中考。微雨生凉，天怜英才。

中考感怀

天道酬勤云飞扬，清凉眷顾少年郎。
心如走马竞相看，笔似龙蛇倾书囊。
九载学苑明心志，两朝分道走四方。
成败利钝何曾见？视界不同需思量。
道有所锤穷天地，俗子亦能论华章。
古来去留众生相，谁与浮生论短长？
参差多样是常态，人生处处有康庄。

七月五日。漫步杜陵塬上的万亩森林公园，我想起了屠格涅夫笔下的《猎人笔记》。花儿开了，蝴蝶飞了，鸟儿鸣了，心儿醉了……

逍遥游

造化转动摩天轮，清风苍翠何销魂。
更喜同侪生睿语，无边风景醉花神。
心如飞絮人如云，婀娜留香石榴裙。
幽意殷勤锦罗帷，飞燕呢喃真可人。

爱怜瑰丽图醉饮，轻车轻步还舒身。
我入仙境行者孙，龙宫逍遥情意深。
忆念默契青春好，虬枝幼芽铭耆根。
新颜处处何以是，相逢美味笑红尘。

七月九日。新雨后的骊山满目葱茏、苍翠欲滴了。《长恨歌》，在心头；夜来梦，共瀛洲。

骊山梦

梦忆丽人不可见，夜诵诗书孤枕眠。
欢情无限芳菲意，浮云流水惜经年。
耸身一摇脱俗累，欲偕君上骊山巅。
幽王烽火明皇曲，千古风尘谁可堪？
苍岭卧龙出云岫，薄雾轻烟赏流岚。
兴来笔尖旋风雨，丹青帛画溢胸间。
开怀提壶花下饮，风情何尝无红颜。
浓阴不迷清芬路，啼鸟和鸣共逐喧。
我怜仙子在长安，无心金樽对华筵。
切问行者谁与共？归途索程少绕川。
轻车疾如箭离弦，少顷伴我入庐前。
静坐但见物候新，临窗翘首待君还。
飞燕款款降西苑，怡心阁主笑靥展。
人生美景最可意，交契味浓相见欢。

七月十三日。父亲别离我们已经整整一百天了，对他老人家的思念从来就不曾停止过。昨夜漫步春晓园，独自坐在荷塘边的青石上，听着池中不时传来的蛙鸣，思绪又飞回到了故乡。

这个时节，故乡的夜是静谧的——深邃的天幕上，繁星闪烁，清爽、澄澈与深邃中流露出一种沉静不可侵犯的气韵，天宇的壮阔之美尽收眼底，让人顿生对宇宙浩渺的敬畏，对生命的热爱与眷恋；故乡的夜也是热闹的——田间地头上，夏虫们会通宵达旦的举办各种音乐会，那天籁之音常常使人想到高质量的生活中不可或缺的艺术之美，我也常常在这种快意的享受中进入梦乡。而每每忆及这些的时候，最不能忘怀的便是黄昏时分，与父亲对坐在门口的树阴下拉家常，往往时过中天，依然乐此不疲。这样的机会一年之中为数寥寥，所以我们彼此都比较珍惜。话题虽多为“老生常谈”，但总能从父亲那里领略到“常谈常新”的风采。

而今，慈父已去，这些美好的往事只能尘封在记忆里了。陶渊明在《挽歌》诗中写道，“亲戚或余悲，他人亦已歌。死去何所道，托体同山阿”，这本是人生常态吧！愿这种掩饰不住的伤感中透露的达观、从容也能抚慰我的哀伤，把这份相思的债转化为对乡情的珍视，转化为对母亲的眷顾，也转化为对亲情的呵护。

慈父百日祭

雁塔形胜地，诗韵漫古城。
谪仙冠群英，绝伦唯杜工。
昨夜又东行，欣然赏晚晴。
竹喧幽风过，灯光筛疏影。
青石凉爽处，荷塘微波生。

莲叶田田倾，深丛蛙和鸣。
顽童嬉池水，水面摇曳灯。
触景故乡事，寸心动哀容。
遥忆慈恩形，执手只梦中。
仙翁不得见，徒然浮云情。
百日复惊醒，伤怀遗清踪。
林菲曲径深，徘徊不能静。
中宵常唏嘘，岁月实堪铭。
故去还长叹，英名慰浮生。
晨曦初枝头，整装踏归程。
驱驰渭水畔，近乡心愈惊。
宅门浑依旧，墙悬农具耕。
中屋祭奠灵，高堂永别庭。
出门南向看，青冢卧田中。
疾步长跪拜，生死何煎痛！
屈指百日过，无从心安宁。
坟前一掬泪，潸然饮泣声。
忧怀轻呼唤，回应无父翁。
浓阴遮天宇，啁哳鸟引朋。
稚子清音起，喙抚儿会盟。
唧唧复唧唧，奔欣青柯丛。
回眸林阴路，念父苦伶仃。
香火又一炉，忠魂敬天宫。
愿父辞劳苦，常沐太极风。
灵通人间事，亲情愈葱茏。

牵怀孤母病，床前少侍奉。
老年失伴侣，念想哀鸿征？
幸有长姐顾，分忧弟不宁。
慷慨亲情在，手足酬清明。

七月三十日。十年之后，我们研究生班来自天南海北的二十四位同学，在陕西师范大学教育学院举行了隆重的返校仪式。融融情景穿越时光隧道，我们仿佛又回到了十年前那些美好的岁月……

同窗会

十载别离欣聚首，相思相忆尽情吐。
笑语喧哗逐往事，韶华依稀枝头柳。
当年学苑数风流，笔吐龙蛇叙春秋。
职场求索酬壮志，风光无限登高楼。
腹拥诗书自杰雄，纳新吐故无尽穷。
教学相长是良训，多少掌故岁月中。

二零一一年

七月八日。夜宿终南山，卧听风雨，时闻鸟鸣，半睡半醒，半梦半悠然。翌日，携友山中游。山清幽，水碧流。俯仰于天地之间，清风琴心，朝霞迎面，樽前谈笑，诗词唱和，文字清蒸，才情云端，以为飘逸人生。

终南山行（一）

新雨纳天凉，眉月夜未央。
幽梦最中夜，亲情惟故乡。
清风达人意，青春滋味长。
鸟鸣林深处，浓阴催昂扬。

终南山行（二）

月朗风清星满天，小园菜肥瓜果甘。
几处灯火流新韵，谁家儿女共欣欢?
树影摇曳博云冠，芳草玉露珠挂尖。
最爱良夜浑如此，满目积翠罗青山。

终南山行（三）

天光云影入门，庭院落英缤纷。
竹篱紫藤宅绕，啼鸟载欣载奔。
深巷农人吆声，菜蔬鲜嫩壮肥。
循步石级林阴，青山绿水日曛。

终南山行（四）

风动浓阴筛影，空山啼鸟几声。
溪流清踪时隐，草径开辟新痕。
自是风光无限，撷英分揖使君。

终南山行（五）

一树繁花一树明，繁花伴我山涧行。
唤来稚子同携手，共与青山叙交情。

七月十日。夜宿骊山工人疗养院。晨起临窗观景，秀色做早餐。

骊山晨望

山涧暑气少，苍槐啼鸟早。
玉露荷芳草，朝阳花间照。
云雀游碧霄，青峰盈天高。
翠屏酬一笑，欣语解心潮。

七月十三日。夜。很好的月亮，思绪万千……

月下感怀

皎皎一轮孤月明，月下清影独思行。
问君明月映何处？西楼月色正朦胧。
月虽无声却有情，望月痴怀谁与同？
今夜渭水轻浮月，波光月影滋味浓。

七月十五日。夜宿陕南皇冠山庄。山衔明月，星河灿烂。曲径漫步，清风荡漾，溪流淙淙，物我两怡然。

山中夜曲

翠峰吐山月，清风彩云天。
造化谙人意，屡破世事艰。
良夜亭台坐，杏坛闲话甘。
性情真堪道，朴淳出天然。

七月二十二日。一夜大雨，凉爽了许多。每天早上，我都要到凉台上巡视一番，看看我那些花花草草的美颜。雨天对于它们来说可是个好消息。饱饮甘霖，精灵们绿得发亮，全身似乎有使不完的爆发力，精神抖擞，英姿勃发，它们用“生长季”激情演绎生命的赞歌。在它们面前，我似乎患了“词语缺失症”，连连赞叹：“美！美！太美了！”生长是生命的本色美。

凉台恋曲（一）

谁言酷热无计管，夜雨好做解暑散。
绿柯枝蔓惹人眼，天宇澄澈明高远。
细推物理探深浅，邃密穷尽论长短。
寻踪握脉造化鉴，往来从容游期间。

凉台恋曲（二）

数枝红豆夜雨开，青翠深浅漫阳台。
宅主闲趣分叶看，报晓啼鸟乐心怀。
我因繁柯生痴爱，好花赠君馥郁来。
可人颜色入望眼，灵犀一点通诗才。

七月二十三日。临潼。清晨的骊山像刚睡醒的孩子，张开了惺忪的睡眼，朦朦胧胧的。鸟儿的歌唱更增添了几分幽静。青山依旧，物是人非，在这里有多少历史掌故，成为浮光掠影般的记忆，“千金一笑”、“千古一帝”、“长恨歌”、“兵谏亭”......已经在历史的烟云中越来越模糊了，想起了电视连续剧《三国演义》的片头曲《滚滚长江东逝水》……古今多少事，都付笑谈中。慨然以记。

晨观骊山有感

朝霞轻扬望云龙，鸟啼声中赏花明。
四处风光乱人眼，重峦叠嶂拥翠屏。
千金一笑江山去，秦皇陵上空寂风。
长恨遗曲传今古，真情从来忆华清。

七月二十八日。重游骊山感怀。

骊山感怀（一）

烽火隐隐丽都巅，群峰危崖九重天。
风云变幻寻常事，容颜未老总青山。
翠柳扶风妆园田，石榴满枝诉尘缘。
欲携仙子不得往，芳菲香韵醉鸟喧。

骊山感怀（二）

丽都仙境几度秋，云阁紫藤爽气收。
酣眠合如红莲醉，好梦烟花似扬州。
魂魄寻常清景走，精神寻常笔尖吐。
浮生开泰知何是？人间幽情最兰舟。

七月三十日。骊山之巅悬亭夜宴。觥筹交错，把酒临风，笑语回荡于峰谷之间。人生快意，跃然心中。即兴赋诗，名曰：

悬亭夜饮歌

烟笼榴林雨罩山，灯火迷离渭水边。
悬亭崖畔食甘味，画屏杜康阁中仙。
云岭风卷红翠动，绝顶烽火半入天。
亦梦亦幻亦醉饮，物态韶光共怡然。

微醉梦呓

夜梦呓语抵瑶台，携君风亭对诗才。
但将清景入佳句，长安儒士还复来。

七月三十一日。雨后的天气清爽亮丽。惊叹于时光流逝的匆忙，惊喜于七月给我留下的诸多美好的日子连同那些粉红色的文字。我之所以以宗教般的虔诚表达着对大自然的爱恋，源于它给予我迷人的风景以及对人性本真的呼唤。我对生命的忠诚连带它的价值一定会给有所追求的人们带来精神的愉悦和心灵的熨帖。对此我坚信不疑，因为我有信仰，我有信念，我有信心，我有力量。

雨　趣

含烟叠翠漫古城，夜雨生津芙蓉风。
常叹造化丹青手，空蒙奇崛秀帝京。
老藤新芽几重重，苍树青春正好行。
清光好饮食多味，为君写尽无限情。

八月三日。阴雨。烟朦胧，雨朦胧，秀色绕古城。含烟叠翠的西苑，迎风猎猎的旌旗，古韵弥漫的城墙，庄严厚重的朱门，青石墁地的深巷，花落无声的国槐，玉珠落叶的碧莲，令人驻足，慢慢咀嚼它的味道。古城是一本厚厚的书，它承载着千年的文明，也在续写着今天的辉煌。读城，就是读历史。

雨中悦城

九天落珠鸣潺潺，南窗听雨好酣眠。
空濛浮翠荷清妍，槐花飘零竞后先。
行止凹凸梦碧潭，万条玉线鱼潜湾。
邀君同来看此景，赏尽古城可人天。

八月五日。镇安木王山的深邃幽静和恬淡伟岸诱惑着我。置身其中，心静了许多。山水陶冶性情，大概正是环境的魅力所在吧。

木王山

山高生灵性，潭深水自清。
欣逢风雨爽，飘渺山中行。
绝顶频回首，梦幻入仙境。
莽林何所向？曲径引云岭。
群瀑遥天落，跌宕露峥嵘。
铿锵万马嘶，十里闻涛声。
更有佳木秀，伏根危崖中。
卓尔兀自立，风姿冠翠屏。
穿行觉穷处，豁然辽阔横。
茵茵芳草地，簇簇黄花生。

疏密高低见，远近弥有情。
槲栎道旁伫，松竹绕蹊迎。
溪水漫甬道，碧波涟漪清。
蛱蝶摇花蕊，飞鸟少孤影。
天堂何所在？舍此无青踪。
归庐不觉晚，花树意重重。
拂衣额边舞，去留总相应。
闲话石矶坐，美食择院庭。
山民多好客，鲜味尽丰盈。
宴罢临河亭，灯照细浪明。
幽幽清风及，仰望云卷星。
感喟些时雨，瞬间阴又晴。
造化钟神变，万物皆可通。
览胜常山水，浑如游东瀛。
心随自然动，乐哉意态浓。
爱怜相知少，惜别千嶂峰。
轻车镇安去，雨中归古城。
午后长安晤，南城笑语澄。
执手般般看，情深雨蒙蒙。
相约桃李事，冰心永结盟。

八月六日。平生无所好，惟爱山水游。昨日木王山归来，今天又游览终南山，自是美意萦怀，兴致盎然。

游终南山

新雨过后风景和，满眼浓绿舒清波。
终南雾霭出云岫，青纱帐漫连城郭。
知与先生忙底事，遍赏郊原风光多。
宜风宜雨宜雅趣，万物鼎盛芙蓉园。

八月十六日。应邀在浐灞生态园考察学校，那里的水漫半岛和通衢大道给我留下了深刻印象。而蓝田汤峪湖的水光山色，杨树林下的美食休闲，同样会让人留连。谁能拒绝心灵鸡汤的美味呢？

郊原季夏图（一）

碧水盈天拥半岛，芳树浓阴连幽草。
师法自然成大道，无路不通明月桥。
休言浐灞秀色抛，西苑柔媚醉良宵。
浮光掠影夕阳照，云阁蔷薇韵最娇。

郊原季夏图（二）

农家美食何处寻？汤峪河畔名古今。
四处清风兴不尽，八面清幽可意人。
我欲因之呼知音，绕堤柳絮醉花阴。
翠华先生忽回首，何事不思喜逢君？

郊原季夏图（三）

蓝田郊原风光浓，一上西峰更无穷。
云笼山头雾连海，登临绝顶藐枭雄。

八月十七日。雨雾之中的田园朦朦胧胧的，欣赏造化馈赠的丹青帛画，回忆昨日的美丽，心中更美。

昨日游汤峪席上见赠诸君

西山叠翠浮云烟，东山白练飞来泉。
浩浩汤汤水如蓝，群峰相拥镜湖悬。
名汤天下第一先，最是沐浴云雨天。
谁疑武陵作神仙？世上鲜有此湖山。

二零一二年

六月二日。我在细雨中从终南山来到了陕西丈八国宾馆。这里的湖光美色自是受用不尽的。我喜欢细雨蒙蒙的天气，那是一种直入心底的美。我不能自已，于是提起笔，将那些美景植入我的精神乐园。

孟夏图（一）

车穿涧谷赏翠黄，山高风巨野兴长。
巅峰连天逶迤起，万壑有声立斜阳。
五月郊原红素褪，山中万花次第香。
何事撩我忽惆怅，古城北望是故乡。

孟夏图（二）

细雨潇潇庭院深，携子湖畔醉花阴。
水笼烟雾亭阁苑，游鱼潜踪动波心。
折柳一枝赠我春，幽径芳树伴暮归。
感喟不惑又二载，岁月何曾移本根？
常庆邂逅会盟君，苍天厚爱有情人。
交契更觉光阴短，旋律多论知遇恩。
夜来临窗思如云，兴味题诗向龙门。
芙蓉仙子春风手，风亦清夜合销魂。

六月八日。天气晴明，心情也如同这西天的火烧云一样热烈。生命的本色是绿色么？我一直认为是这样的——心中的青春之歌因岁月更见明亮。

向晚即景

天边飞来火烧云，晚霞信手万树金。

丹青长轴更壮色，倦鸟归巢伴侣飞。
独怜春来春又归，紫藤缭绕芳生津。
但使浮生常美意，四季无日不怡心。

六月十日。夜色如澜！月光如流，洒满了庭院，密林深邃、幽静。在遥远的天际，若明若暗地飘着银色的轻纱，街灯悠长的影子遥接天宇，似乎要在天河的一端与繁星会晤。我心中的安琪儿,你又在哪里呢?

夜 望

皎皎玉镜照穹州，天河微波舒轻柔。
月色总添夜色好，乱树倩影清风幽。

六月十三日。凉台热闹起来了！那些青涩的辣椒开始在葱茏的枝叶间随风跳舞。水灵灵的红豆见证着我的痴恋。丝瓜的藤蔓在窗棂上肆意地攀爬。这世间的精灵，这动人赐予我美妙的生命遐想，我还能有什么奢求呢？热爱生活就是热爱生命。

窗外（一）

翩翩蛱蝶西苑飞，浮光掠影叠翠薇。
路人不解其中味，且赏红紫待燕归。

窗外（二）

西苑花木味正浓，朝霞拂水杨柳风。
晴日闲趣坐良久，鸟鸣声里忆仙宫。

窗外（三）

藤蔓悄然爬窗棂，尽将嫩蕊向天擎。
可怜新苔还正发，枝间青果带缤英。

六月二十三日。中考。我们抵达位于秦岭北麓的皇峪寺。

中考感怀

十万学子意纵横，笑傲疆场尽豪英。
笔走龙蛇吐胸策，所向披靡登云峰。
常忆恩师前程助，更兼家亲伴友朋。
人生得意多年少，狂歌走马万里行。

二零一五年

六月十四日。这里是我经常游玩的地方。特别是我在城南工作的时候，交通便利，加之距离不远，所以春夏秋冬，我是季节的常客，从不会冷落这方天地。现在虽然远离了它，但心里的距离却近了。温馨的回忆时时萦绕心头。情之所至，便不由自主，任性而行，愿当不速之客。事实上，惊喜却美了眉眼，开了心花。物我两相欢，常态心理。

游城东南林场

夏木阴阴翠眼明，轻车欣欣城南东。
幽径不改张罗地，乱花迷人浴香风。
蛱蝶翩翩草际舞，深林隐隐听流莺。
数点新雨黄昏后，几许闲情忆青葱。
曾因豪气谈锋健，又缘声势吐云龙。
而今岁月多缱绻，襟怀怜我向从容。

八月五日。梦幻曲江，梦里走四方。

曲江行

晨曦渐尽晴和光，彩霞绚烂浮朝阳。
轻车携子翠华道，西天残月映日上。
陶然亭前放眼量，清景怡然尽舒张。
廿年置此惜故地，春夏秋冬流韵长。
舞榭歌台寻常见，琉璃精舍对轩窗。
鸳鸯喁喁蝶花恋，玉龙吐珠飞清凉。
散淡经营心似马，仙乐入耳从画舫。

步出林阴穿花廊，柳絮荷风看曲江。
尔来辽阔输壮大，水天浩荡笼四方。
碧波潋滟无穷尽，小舟摇橹正中央。
声拨縠纹动倩影，仪态多姿趣无疆。
婉转莺啼虚空静，浅翔游鱼同侣帮。
浓阴不改快哉路，疏密交错共云裳。
竹篱围栏遥相瞩，红紫竞妍次第扬。
青藤鼎盛抱壁走，闲鸭欢快芦苇荡。
楹联入目三分爽，诗词沁脾九回香。
数次登临还缱绻，望月楼下豪气昂。
欣逢故人叙故意，学苑根脉牵衷肠。
韶华无负杏坛事，忠肝义胆合心乡。
今日铭君肺腑语，笑谈今古藐职场。
园圃耕耘祝勋业，夙兴夜寐育栋梁。

二零一六年

六月五日。城镇化建设的步伐如此之快，以至于我在半个月中两次回老家迷路。可我却喜曲径通幽，更何况，故乡之于我，仿佛有一种第六感觉的牵引，不管怎么走，结果总是走着走着就到家门口了。家的方向，就是心向。

六月的故乡正是麦熟时节，布谷鸟开始发出信号，收割机已整装待发，风吹麦浪的喜悦已然在心头荡漾。车览田园风光，闲话今年收成，享受亲情陪伴，乐逍遥。

故乡行

布谷声里麦正黄，画廊轻车归故乡。
森森高陵浮伟象，巍巍青冢栖汉阳。
思接千古罗寻常，视通万里过横塘。
故道遗风馈风尚，新途新貌赠新庄。
郊原云岫织云裳，阡陌交错清气扬。
碧油青葱明艳藏，翠薇兴旺叶津香。
芳洲萋萋人远望，白鹭隐隐水中央。
莽原无际收苍茫，花海恣肆向汪洋。
渐近桑梓涌思量，及抵愈动九曲肠。
天涯咫尺照心光，如影随形走四方。
熟谙紫藤绿篱墙，参差菜蔬壮肥强。
飞燕倏忽碧天翔，家犬慵懒卧地床。
老牛舔犊圈安详，小猫无赖树巅狂。
村墟恬静独徜徉，四季清欢世无双。
信步野田忆高堂，父子音容农耕忙。
昔日种植解疏荒，今朝幼苗已栋梁。
树下踟蹰复彷徨，怅然一曲忧阴阳。
六载方寸多念想，生离死别徒悲伤。
深铭慈恩最无偿，周旬归来探老娘。
血脉魂魄何敢忘，亲情似水任意长。
春晖曜曜耀光芒，幽草茵茵气宇昂。
经年躬行祈无恙，惟愿勋业换安康。

六月十日至十二日。今年第二次赴陕南考察。公干之余，重游西乡茶园，故人相聚，自然开心；途经“中国最美乡村”利平县，游走于山麓小村、稻田绿洲、琵琶岛上，赏荷观鸟，古楼揽胜，田园山水之美，目视神遇，灵通肺腑；夜宿安康，汉江两岸，灯火辉煌，繁华如白昼。

一路所见奇山异水，旖旎风光，秀色可餐，大快朵颐，不敢独享，以为组诗，虽有沾沾自喜之嫌，亦不乏美众之娱。

秦岭道中

翠岭白云飞，幽泉涧谷洄。
何方浮清忆？山水是故人。

西乡记

岭南收诗囊，山水好文章。
青君青翠伴，西乡即故乡。

茶　镇

去年今日两相和，故地重游幽境多。
青峰汉水接云汉，茶园伴君夫如何？

黄昏清景赠友人

青山色如黛，云岫半紫游。
兹水张罗幔，影动画中流。
鸟鸣星野际，人闲乐芳洲。
忽忆古城趣，来去共自由。

西乡茗趣

雨洗青山伫长春，风御汉江祭茶神。
清茗一杯安可道，香韵缭身似仙人。

别西乡

翠峰碧水纤云天，古风新韵美人间。
似此仙境不常有，清芬与我两怡然。

游利平琵琶岛

竹径闲步穿花行，琵琶岛上芙蓉风。
小园晴午静寂寂，林阴深树鸟声声。
近水楼台开大境，远山一派气象青。
农家清味常好客，安逸恬淡宅心同。

安康夜观

危楼接云窝，开窗大江阔。
摇曳浮灿烂，涟漪动星河。
夜阑还孤望，清欢知几何？
喧哗归寂寂，中心与君多。

风雨安康

昨夜电闪雷鸣，汉江窗前心惊。
风声鹤唳久闻，天地混沌笼统。
九天持箕俄顷，万斛玉珠晶莹。

岭南方寸古城，梦醒反复黎明。

六月十五日。在教学楼后边的生态园东南角，有一棵高大的钻天杨，在它郁郁葱葱的枝丫间，极艳丽地点缀着些喇叭状的黄花，花蕊是冰清的金黄色，丝丝袅袅的香韵从毛茸茸的茎干中如纤云一般浮出来，顿有耳聪目明、神清气爽之感。

我爱凌霄花，喜欢它的美艳、高贵、卓尔不群。我更愿意将这份美感分享给同伴。

凌霄花

绿枝丛中花仙子，青柯栀黄云锦织。
香蕊袅袅风细细，清味合欢君自知。

园圃清景馈君

碧树凌霄韵味长，园圃一派气轩昂。
青春霍霍田间驰，华彩熠熠锦云裳。
网罗歌赋丹青画，倾囊诗书夜未央。
燕语入耳瑶池畔，轻纱御风赏花堂。

六月七日。今日读到朋友回忆父亲的美文，心有戚戚焉。我与敬爱的父亲别离已经六年有余，但思念在岁月流逝中往往却愈加浓烈！

没有谁像他老人家给予我精神的强力支持，更没有谁可以替代他老人家在我心目中的地位。

我经常回老家的第一件事，肯定是先在父亲的阴宅前一个人默默地待一会儿。也常常眼望周围的花草树木，情不自禁地落泪。人世间有太多的来不及，那么，趁着父母还健在，回老家还有“爸妈”叫，我们没有理由不好好珍惜这份亲情。

读美文忆父翁

暑日陋室读美文，清凉眷我叩冰心。
长安赤子索大道，古城儒士访杏坛。
群贤毕至侃侃论，妙手华章不凡人。
坐中居一西苑客，孤笔潸然祭翁君。

六月十九日。夏日的终南山一派青春盛况，山脚下的村庄也是红红火火的靓丽。碧海园田，十里荷塘，辽阔开心境。

夏日终南山感怀（一）

终南碧透间素红，水村幽径撷闲情。
无边田禾青春竞，十里清塘沐荷风。
苍苍目前开大境，欣欣故园似此同。
怡然逍遥各西东，我与先生共古城。

夏日终南山感怀（二）

四季华章泯忧愁，故人诗词第一流。
字斟句酌人称美，恰切分寸融刚柔。
写景抒情携理韵，托物言志雅和求。
缘君大爱清泉涌，拙笔日夜索碧油。

六月二十八日。过黄河壶口瀑布。二十二年后故地重游，别是一番滋味在心头。彼时风华正茂，书生意气，血气方刚，目睹瀑布雄壮气象，豪情直上云干，江山谁主沉浮的雄心壮志岿然于胸；此时长望瀑布咆哮，声震十里可闻，远古沧桑、宇宙浩瀚、人生渺小之感顿生。

物是人同，触景生情，感悟的差异打上流年的印记，人生大抵如此的足迹，也是发展阶段性的必然。但热爱生活，创造生活，享受生活的期盼没有质的差别。

壶口瀑布

千山叠翠绿复生，九曲黄河地平涌。
原岭逶迤接秦晋，苍龙云雾浮晴空。
百尺崖壁搏巨浪，十万铁甲怒吼声。
三门俯瞰开新野，四面八方俱威风。

七月六日。假日毕竟是令人欢快的。像现在这样，一个人在黄昏的城墙下漫步，或思绪漫无边际，或念想独倾一身，自觉是一件赏心乐事，至少我现在就是这种感受。

黄昏城下漫思

西天火烧云，蔚蓝融碧空。
循声步幽径，绕身醉青葱。
欣忆仙宫里，婀娜冠豪英。
但思与君共，对沐蔷薇风。

七月十日。汤二村位于蓝田汤峪湖南面的深山里。秦岭深山中的村子居住人口不算多，散散落落地点缀在河畔或者山坡，无风雨之忧，无衣食之虞，人们过着与世无争、优哉游哉、神仙一般的日子。那份淳朴、憨厚，是我无论如何在闹市中不得而见的。“纯天然，无污染”的菜蔬果品，也是人品的写照呢！

走到这里，想竞争没有市场，想独处有的是地方，最适合城里人在忙碌一段时间后放空自己。何不经常给自己放空的机会呢？约上几家人一起亲近山水，休闲美食，不也快哉？

重游汤二村

微雨洗高林，苍岭浮新村。
幽谷生溪水，翠竹护笋根。
稚鸡欢母伴，黄犬迎宅门。

主人多好客，笑语会嘉宾。
厨下分工合，庭院酒倾杯。
农家乐朴淳，造化净凡心。
君问何所从？本真最精神。
陶然不思归，字句酬知音。

山居见崖畔百合赠诸友

云居汤峪神仙知，崖畔百合冠花枝。
还卿清河相思水，卷潮深情逢君时。

七月十三日。细雨如丝，网罗了一池鱼欢、风动芙蓉的浪漫，让我醉心于学苑同伴迷人的风采。止于至善，止于至美，乃是一生的精神诉求，舍此，无所求。

学苑馈君

细雨清柯透碧浓，轻风玉珠动芙蓉。
学苑心语思天涯，园圃灵犀伴影踪。
红笺诗句冠群芳，经纬文章夺豪英。
自是韶华相与付，长安杏坛并杰雄。

七月十四日至十九日。贵州。在想象中，贵州肯定是山水明丽的好地方，山路十八弯，水道连险滩，自然风景美；贵州也可能是我潜意识中比较贫穷落后的地方，道理很简单：交通不便，不易开发，虽保留着原生态的美，也一定多是经济欠发达地区，这种朴素的认识，基本与实际契合，这让我又着实享受了一次情理交融的美。行踪留于文字，日后翻起来，也会回味无穷的。那山，那水，那人，串联成了一段经历，组合成了一串串故事。

十四日下午。雨中飞赴贵州，直抵贵阳。

贵阳行

腾云驾雾雨中行，携我九霄别古城。
浩瀚苍宇输远大，无限风光分外明。
俯仰天地谁为主？掌托乾坤自杰雄。
千载遗尘连今古，万里神州任鲲鹏。

贵　阳

贵阳夏雨细纷纷，天赐青城正芳菲。
遍道菁华争相问，酷暑时节又逢春。

贵阳情

我自长安来，携君游贵黔。
云雨寻常见，山城碧绿酽。
乡亲多好客，习酒畅叙欢。
夜思筹胸策，相期旦暮间。

十五日。陡坡塘瀑布位于贵州省黄果树瀑布上游 1 公里处，瀑顶宽 105 米，高 21 米，是黄果树瀑布群中瀑顶最宽的瀑布。瀑布顶端有一个面积达 1.5 万平方米的巨大溶潭，瀑布在逶迤 100 多米长的钙化滩坝上飞奔咆哮，蔚为壮观。陡坡塘瀑布还有一个奇妙现象:每当洪水到来之前，瀑布都要发出“轰隆、轰隆”的吼声，因此又叫“吼瀑”。这座瀑布更以 1983 年版西游记片尾曲拍摄地而闻名。

观陡坡塘瀑布有感

唐僧西天取真经，陡坡塘前收悟空。
寻常一样飞流瀑，缘有传说便不同。

十五日。黄果树瀑布，又名黄果树大瀑布。古称白水河瀑布，亦名“黄葛墅”或“黄桷树”瀑布，因本地广泛分布着"黄葛榕"而得名。出名始于明代旅行家徐霞客。它位于贵州省安顺市镇宁布依族苗族自治县，属珠江水系， 黄果树瀑布群中规模最大的一级瀑布，也是世界著名大瀑布之一，以水势浩大著称。瀑布高度为 77.8 米，其中主瀑高 67 米，瀑布宽 101 米，其中主瀑顶宽 83.3 米。在地质学上属于喀斯特地貌中的侵蚀裂典型瀑布。

黄果树瀑布

一纵苍穹出仙源，九霄云龙访人间。
十里轰鸣传幽远，百尺洪波贯山川。
千里奔驰彼此见，万斛玉珠落碧潭。

穿花拂林躬身探，星雨入怀顿生寒。
摩肩接踵争相赞，绝壁飞瀑攒浩然。
骐骥登临生惊乱，鲲鹏置此恨无援。
藤蔓纠结避刃剑，磐石畏惧不言坚。
足下深渊慎步前，手扶悬亭惟大观。
有情书策清景鲜，无限图画竞目喧。
五湖四海风流卷，斯地国中独尊先。
君问奇绝何贵黔？造化青睐非等闲。
浮生从之心意满，鬼斧神工瞩遗篇。

十六日。游览荔波风景区。它位于贵州黔南布依族苗族自治州荔波县境内的荔波樟江，其中以小七孔景区和水上森林著称。七孔古桥修建于清朝道光年间，古桥横跨在美丽的响水河上，是古代黔南通往广西的交通要道。整个小七孔景区融山、水、林、洞、湖泊和瀑布为一体，柔美恬静的涵碧潭、飞流狂泻的拉雅瀑布、潭瀑交错的 68 级瀑布、重峦叠翠的龟背山、林溪穿插的水上森林、密林镶嵌的鸳鸯湖、悠蓝深邃的卧龙潭等，构成了一幅大自然美的交响曲。

最闻名的当属水上森林，它是罕见的岩溶地貌水上森林区。这里的千百株树木，包括珍奇树木十多种，全都植根于水中的顽石上，又透过顽石扎根于水底的河床。水中有石，石上有树，树植水中的奇景令人叹为观止，远远望去，树木宛如漂在水上，足踏白浪上，人在画中游。

卧龙潭

碧水涟漪浮玉潭，苍龙酣然梦里边。
使君若问天上事，自有仙源到人间。

鸳鸯湖

鸳鸯湖里鸳鸯游，鸳梦轻叩乐芳洲。
似此情景君若问，真情人间第一流。

翠谷瀑布

琼花出翠峰，幽谷漫澄清。
宏阔声振远，细流动空灵。
回环盈目秀，草径复畅行。
荡波不可见，念之未了情。

水上森林行

青柯蔽天日，白波荡石流。
悠悠漫水道，津津逸韵留。
款款心意满，欣欣人未休。
天地生奇秀，浮生自可收。

小七孔桥

响水河浮七孔桥，巧夺天工古韵娇。
最是碧影黄昏后，任将心绪向逍遥。

十七日。西江千户苗寨是全国最大的苗寨。中外人类学家和民俗学者认为这里是保存苗族“原始生态”文化比较完整的地方。西江苗族的历史非常悠久，可以追溯到公元前 559 年的蚩尤部落。据说苗族是蚩尤第三个儿子的后裔。西江苗族迁徙西江之前已经形成了自己的苗族文化体系，到西江后长期处于政府“松管”地区，所以形成了自治体系，因而苗族文化得到很好的保存和发展，加之地处深山之中，交通极为不便，政府同化政策几乎鞭长莫及。

银饰文化是苗族文化的重要标志，尤以雷山和台江银饰饮誉海内外。西江苗族也以鼓作为自己的联络工具。“鼓藏节”是西江人敬祭祖宗的盛大节日，是苗族人民文化和精神的最高体现。此外，西江千户苗寨的建筑也具有独特的民族风格，堪称建筑艺术瑰宝。到此一游，三日不知肉味。

游西江千户苗寨感怀

一

黄昏薄雾寨，苗家云水间。
西江映明月，雷山星满天。
熠熠灯火盛，遥遥彼此连。
足下亲古道，青石叙陈年。
本木筑阁楼，遗风存庄严。
牌匾镶奇字，玄机储里边。
深巷无闲处，往来主客喧。
馆驿庭院夜，浮生话清欢。
谈兴嫌时短，相惜交契晚。

但恐伊人怨，依依别更酽。

二

俄顷鼾声起，南窗独未眠。
还虑职场事，钟爱独杏坛。
区区敝衷怀，恻恻心难安。
膏粱何能谋？穷途筹之煎。
同侪多笑痴，我亦时谓癫。
常叹命不济，悲苦滋业缘。
忧愤偶相随，浩气砥中坚。
耕耘作良伴，勋功育圃园。
崎岖无厌倦，兀兀复经年。
但期同行者，勿忘初誓言。

三

晨曦周公别，梦醒呼早餐。
简食登高台，灵秀浮芬妍。
白墙屋黛瓦，翡翠绕腰肩。
红素浴玉露，黄紫前后檐。
携子奔大境，陵原醉豁然。
稻秧根苗壮，碧油绿野田。
驴嘶从健硕，鸭戏池口边。
简车忆淳朴，笠帽佐辛艰。
斜径趋幽远，细雨浸衣衫。
步轻交情重，悟性出自然。

俯仰遂人愿，灵犀通三观。
吟罢拜君颜，光阴共前瞻。

十七日。下司古镇位于黔东南州麻江县境内，毗邻清水江，西接凯里市，东接麻江，交通四通八达，自古是商贾云集的富庶之地，曾被誉为“小上海”，有“清水江上的明珠”之美称。这里风景如画，还是中国红蒜之乡，锌硒之乡，世界名犬下司犬之乡，世界优秀、亚洲最好的皮划艇激流回旋训练基地。

每年农历七月中旬，这里的人们沿袭传统举行龙舟大赛、斗牛大赛，游人如织，热闹非凡。此外，这里还有众多的历史人文古迹，辟有桃园岛、月亮岛、紫薇岛等系列旅游度假场所，堪称下司绝艺的“酸汤鱼”、“草烧狗”厨艺更是美名远扬。到此一游，大有“偷得浮生半日闲”之感。

下司古镇

水乡山郭民风淳，楼台亭阁韵古今。
下司风尘千万里，唏嘘声闻又一村。
羊城会馆辟蹊径，沪上旭景斯地新。
无量词赋索佳句，且将心语酬知音。

十八日。参观息烽集中营。再次目睹人性的卑劣和残酷，也再次领略人性的坚贞和光芒。

参观熄烽集中营感怀

烽火不息，狼烟万里。
生灵涂炭，人性休矣。
信仰主义，手足分离。
仁人志士，南北东西。
党争酷烈，民族危机。
力量所在，毅然雄起。
天堂地狱，自择来去。
时势惟艰，无处安居。
纵有灾难，慷慨向前。
严刑崩裂，视死如还。
暗洞阴阴，白骨森森。
寒气瑟瑟，深入恻恻。
肃立久伫，不能竟书。
忧思触目，苍生何苦？
明史更替，缘奢逸腐。
古今一理，兴亡倏忽。
斯地观览，初心可鉴。
诸君勿忘，传承当前。

遵义会议会址在遵义老城子尹路（原名琵琶桥）东侧，原为黔军

25 军第二师师长柏辉章的私人官邸。1935 年 1 月上旬，中国工农红军第一方面军长征到达遵义后，中华苏维埃共和国中央革命军事委员会总司令部驻在这幢楼房里，并在此召开了著名的遵义会议，重新确立了毛泽东同志的领导核心地位，在关键时刻挽救了中国共产党，标志着共产党人在政治上走向成熟，也说明共产党本身具有强大的自我净化能力。从此，中国革命不断从胜利走向胜利。

参观遵义会议遗址感怀

依稀百战遍烽烟，国难前头勇当先。
英雄危势更本色，领袖风范岂等闲？
斯地会盟成大道，长征民魂柱擎天。
雪耻华夏百年辱，喜看神州好河山。

十九日。准备返程时，大饱口福，乌江鱼的味道鲜嫩可口，鱼汤鲜美无比，的确是荡气回肠，“吃了还想吃”。沿途所见更是“秀色可餐”。结果只能是，也必须是“不虚此行”。不敢独享，与友分享。

笑语乌江鱼庄美食

水深不可见，自由任鱼翔。
慕名访食府，肉鲜汤味香。
杯盘铭钟鼎，雅室聚春光。
何处醉远客，毕竟在乌江。

无　题

贵州山水最本真，满目青翠疑为春。
寻常风雨馈清爽，醉美旅途伴至亲。

赠友人

一别古城数重天，千里驱驰赏河山。
朝云暮雨深深见，碧油津津清芬妍。
苗家有情云寨里，州府风光醉目前。
最是贵阳足可道，芳踪销魂美人间。

七月二十日。影视城。漫游白鹿原上的影视城，怀念文学大家陈忠实先生风骨，唏嘘不已。蒹葭苍苍，江水泱泱，先生之风，山高水长。

晴日午后与故人游蓝田兼忆忠实先生

晴午出长安，风光醉蓝田。
影城纳掌故，艺海怜名媛。
大家述不尽，闻名白鹿原。
先生高风在，魂魄共山川。

七月二十二日。雨天。思念杏坛同伴。

雨日赠友人

九天玉倾惊花香，一路烟雨忽开张。
游离漂泊破碎梦，聚合业缘呼栋梁。
擦肩而过匆匆行，交臂失之徒伤情。
向使从容长相伴，人间何处不融融？

七月二十三日。今年古城的热，接连创造纪录，“蒸笼”、“桑拿天”、“汗流浃背”、“挥汗如雨”等等词语，已经不足以形容热的分量，但在文字中获得的清凉感却使我美意萦怀。所以古人所谓“诚心正意”至关重要，心静自然凉，此言大妙。

暑日感怀

玉兔收清辉，金乌耀乾坤。
暑气降汗雨，衣衫透渍晕。
征途路漫漫，热风尘滚滚。
日夜抛辛苦，艰难鉴精神。
忧思栋梁计，笃诚还屈尊。
视子如己出，滋味最师恩。
区区感衷怀，殷殷吐方寸：
小菟以何往？大树郁森森。
云岭逶迤动，嵯峨任尔奔。

呼啸域中探，王者归来魂。
园圃沐玉露，广厦赏芳菲。
执手还相看，形容笑昨今。
长安有学苑，西城人微醺。
杏坛开心语，圆梦酬使君。

七月二十五日。读完了《小王子》，读完了《城南旧事》，想起了心中的安琪儿。多想，是一弯月，用清辉，美了你的美！多想，是夏夜的风，在青纱帐里曼妙，似你在耳畔喁喁细语。多想，是你园圃里的一株新苗，在你清亮的眸子里，享受爱的阳光雨露，用我袅袅花香，醉美你的心扉。

在滚滚红尘中，在喧喧闹市里，在寂寂深巷间，在盈盈碧水边，在遥遥天地畔，踽踽独行的我，没有孤独，没有孤单，只是快乐的独行侠！不！不是！绝不是！因为在我身边，有你的陪伴，犹如在你身旁，有我的呵护！众里寻她千百度，美梦不愿醒。

读书景自明

夜雨驱暑气，清风迎晨曦。
幽幽浮津味，陶陶乱鸟啼。
南窗纳青翠，碎红铺花蹊。
悠悠趋闲步，空灵心静怡。
皎皎明月夜，笙歌千千阙。
汗牛充栋味，与君何切切？

幽思天美意，流光眷身侧。
杏坛多缱绻，莲心浮清澈。

七月二十六日。西安的一场夜雨虽不大，但毕竟带来了些许凉意。此时广袤的西部地区，当是纳凉的好时节。好友西行，明景相送。

同日，在陕西师范大学为在职教育硕士讲学。纵横捭阖，意气风发，年轻时的梦想，以为终于找到归宿。

古城送别

晨曦伴君别故园，长安翘首玉门关。
征鸿声里飞红笺，聆君传语喜平安。
夜雨新凉极目翠，风轻云淡可人天。
清茗一杯遥相祝，同侪青海俱欢颜。

重访翰林苑讲学以记

新雨生豪气，晴空远万里。
般般趋故道，关关接东西。
悠悠开坛笑，津津清芬栖。
君问业缘事，心语最桃李。

七月二十七日。回故乡看望母亲。一路上满目的葱茏恰如浓浓的亲情萦绕于身，好开心。

坐在老宅门前与母亲闲话，看到老人家慈祥和善的笑容和康健的神态，心中满满的幸福。

叩 亲

一

夜雨纳清凉，暑气敛锋芒。
轻车深谙道，郊原自主张。
渭水连根脉，新桥接故乡。
十里杨柳岸，风送荷花香。
切切频回首，殷殷思高堂。
飞飞罗心事，点点青丝长。

二

依稀宅门前，踯躅白发娘。
盼儿伫路口，邻家话家常。
问询扶亲回，笑脸牵笑媚。
寒暄多家业，平安兼功勋。
家风和善美，区区鲜纤尘。
大道秉笃行，耕读涵朴淳。

三

族谱薪火传，兴旺有子孙。
开开花明蕊，新新昨与今。

人间重晚情，依依享温馨。
出入侣双双，前后意绵长。
坎坷牵手共，平淡真寻常。
岁月悠悠过，冷暖互牵肠。

四

深语无常在，不期遭病殃。
惶惶安可道，急急求医忙。
劳劳日夜奔，惧惧旦暮心。
祈天禳凶蛮，呼地保父安。
友朋争相探，笑谈人刚健。
奈何煞星降，泪雨祭道场。

五

忍别家翁离，孤母泣知音。
我痛亲不待，中年失怙阴。
三更闻恻恻，晨曦泪湿巾。
镜中形容瘦，征途人昏昏。
眷眷慈母意，拳拳儿女心。
时日馈良药，抚慰疗伤痕。

六

孝亲千山重，伴母万里行。
近者关中道，远途九州通。
终宵时时念，经年处处工。

四季无闲暇，假日倍当家。
艰难视怡然，辛苦换饴甘。
九曲独一足，惟期母欣欢。

七

亲情入云端，大爱天地宽。
絮语多儿女，醉美居长安。
青春怜芳华，清芬漫田园。
食府民俗宴，解暑饮茯茶。
揽胜崇文塔，临兹思龙马。
书斋忆津味，逸韵眼前花。

七月二十九日。夜游慈恩塔。从上大学到就业到成家立业，这里见证了我二十多年的人生历程，我更目睹了它的沧桑巨变。

今晚，当我又一次漫步于熟悉的慈恩塔下，我一遍遍地叩问：那千年一脉的真经是心灵的呼唤吗？我不知道这滚滚红尘中的呐喊，是承载着曾经的满满温柔，还是此刻槐花盈地的淡淡哀愁？汗雨、心雨交汇的洪流化作心头的浪潮，一次次地激荡着爱的彼岸。四季风里的冷暖真情，翠华道中的同侪征程，频眸故道的物是人非，惟有走过的踪迹历历目前……

今晚，好美的月亮，月亮一样的心情。

月夜即景抒怀

万里乾坤独瀛州，一朝风月砥中流。
鸾凤和鸣雅宅美，比鱼相随逍遥游。
杏坛巾帼人称羡，学苑豪英域中优。
奇绝归于平淡出，芳洲漫步醉玉楼。

七月三十日至三十一日。游览宁陕县古镇旬阳坝、平河梁森林公园。绵延起伏的青山，崖壁不时飞出的瀑布，河畔古风犹存的古镇，山坡上零星地点缀着的红顶屋，时时刻刻让我有置身于世外桃源的感觉。走到这里，初心回归，天地人和，原本如此。

秦岭道中

长岭横云断，碧峰隔天堑。
山中倏忽雨，俄顷晴目前。
阴阳交替变，造化罗奇观。
常思平淡意，最期人长安。

旬阳坝

林阴蔽天日，山风御清凉。
幽幽繁星茂，淙淙溪水响。
夜游循小径，闲话多本腔。
世间有仙境，从心自主张。

宁陕平河梁山中

清晨开窗轩，青菁怀远山。
细雨泊烟渚，轻纱舞流岚。
曲折引花径，野芳动幽泉。
巉岩荡簇浪，列峰入云间。
悠悠思古道，萋萋石隙嵌。
历历望渡浦，叠叠翠谷湾。
郁郁阴河畔，欢欢鸟争喧。
恬恬家常语，淡淡自逸安。
彤彤红屋顶，关关居清欢。
幽幽辟新境，森森密林沿。
灼灼奇葩艳，翩翩蛱蝶前。
跃跃松枝鼠，静静灌丛观。
循循盘旋上，袅袅风微寒。
津津纳凉味，湛湛蔚蓝天。
阴阴复温温，曛曛日光鉴。
美美此中意，缘缘自得闲。

赠友人

故人故情故意长，好山好水好风塘。
雨落苍宇明澄澈，云横秦岭起苍茫。
琼台有道抱辽阔，高林无边筑画廊。
与君喧语笑眉眼，野芳滋润透心香。

八月一日。夜雨初歇。同窗叙旧。窗前伫立，把酒临风，望城头灯光灿烂，见城墙巍峨，护城河波光粼粼，遐思云裳，不觉神往。酒佐襟怀，食助力量，言为心声，慨然与诸君倾吐肝胆，以为快事。

夜雨初晴席上会诸君见赠

西苑夜宴拜君颜，浊酒一杯天地宽。
浩然气节云中探，碧血丹心动山川。
风雨骤至倏忽现，俄顷星际又前瞻。
快意人生何处见，淡薄名利肖神仙。

八月二日。初秋的草地依然绿莹莹的，中间星星点点的黄花、红花、白花，装饰了夜的梦，也让昆虫们在彻夜的音乐会中拥有了更多的获得感：情景交融，相得益彰。

天籁般的声音伴着我酣然入睡，又在黎明的轻音乐声中唤我醒来。小院草丛的美目、悦耳，足以让我为秋天鼓掌。而清晨鸟儿枝头的清唱，更令我回味无穷。美丽心情，从清晨开始。

晨　曲

草虫清唱草丛间，鸟鸣枝头花艳欢。
南窗有趣晨曦见，小令新词信手拈。
足下千里极目远，丝路风情醉长安。
且将字句酬心语，长歌一曲向阳关。

八月三日。骊山。赏丹青图画，瞻万里江山，浩浩乎御风而来，渺渺乎无影而去。天地间，人为大。

梦醒之间，听绸缪歌曲，忆同窗当年情谊，几分惆怅涌心头。我本一书生，惜才怜真情。无为惟珍爱，心缘期相逢。良宵岂可独享，吟诗和曲，遥寄友人。

登骊山峰顶夜宴赠诸友

山路弯弯半入云，云游仙都入天门。
门里豁然开图画，画中清景意真淳。
淳朴亲之探本根，根本惜缘肖古今。
今宵骊山频举樽，樽前踪影复忆君。

八月四日。对于已过不惑之年的我们而言，昔日豪情依稀可见，今日从容了然眼前，浑如春花之灿烂，对未来充满期待；走到今天果实盈枝头，丰收在望小欢喜。历史、现实、未来的勾连，铺陈人生美丽画卷，是写意，是工笔，是开门见山，是曲径通幽，全在阅历之后的心境。

今夜翻起大学生活的相册，在温馨的回忆中感慨青葱不在，而今各自奔波，往往不能脱身于生活琐碎之中，曾经的激扬文字化作对年少轻狂的记录，不甘心啊！以为心里激荡的壮志，绝不能与生理年龄相提并论。人的一生，可以将生理年龄与心理年龄合二为一，也可以是平行线。我认为拥有一颗年轻的心，比活一百岁更重要。人是为做事而来的。碌碌无为，混沌一世，非我愿，更非我为。养生重要，养气更重要。

子夜时分，仍然毫无倦意。回味与友人深聊，收获颇多。友情是弥足珍贵的精神财富。敬其以清和玉露之酒，仰其以高标韵致之踪；羡其以才艺双全之本，慕其以长歌潇洒之声。酒能会友亦能文，花开花落何销魂？翠华道上廿余年之足印，西苑城下十载之幽情。学海无限潇湘意，杏坛有约长相依。东西南北君行健，春夏秋冬人长安。提笔酬和，以为快事。

忆流年赠友人

真爱盛宴，珍馐俱全。
俄顷樽满，倏忽杯干。
瞬间眼前，赏清凉山。
夜色阑珊，梦里学苑。
同侪惜缘，两地书安。
心声深浅，彼此相关。
义薄云天，君我怡然。
长歌飞传，渭水争喧。
美文沈园，艺曲江南。
今宵清忆，薇香博冠。

八月六日。友人的儿子远赴加国求学，期间以出众才华在多国游学。即将毕业，一家人欢喜不禁。我且用文字表达我的美意，分享“吉祥三宝”的幸福时刻。

赠友人

翰林数载酬胸策，五洲遍访缘求索。
长歌万里路漫漫，风云无际任打磨。
慈恩眷眷牵日月，方寸悠悠向中国。
但将才思加身去，更负韶华报山河。

八月七日。我日日走过的小园，已是瓜果满园了。有耕耘，必有收获。

小 园

夜风眠花蔬，朝露蘸清阴。
枝头子粒粒，平地瓜果新。
闲步罗意趣，鸟欢人知音。
江山列锦绣，掌中御乾坤。

黄昏时分漫步大唐西市。仿古建筑，屋舍俨然，恢宏大气，在夕阳中更见飘然古韵。知往鉴来，承古开新，气象万千的“新丝绸之路”于斯为盛。

云，如火，飞鸿惊；月，如眉，清辉洒。长影徘徊，只为那一刻，浅吟低唱缘聚。征途何处心乡？天涯倦侣踪。八面风来，走四方。圆梦。行。

美食，美景，美人心。

游大唐西市

大唐西市大润发，美食频樽酬卿家。
夕阳呼唤暮云起，眉月心声枝头花。
良宵一刻醉津味，美辰十年凤池夸。
衷肠九曲惟君看，管他咫尺与天涯。

八月八日。乘高铁赴北京开会。过潼关，入河南，穿河北，抵京城。沿途所见，虽已再熟悉不过，但日新月异的感觉还是占了心灵主位。姑且看之，姑且忆之，姑且叹之，姑且记之。

中　原

闻名殷墟胜，王朝商安阳。
复言秋色美，北上过新乡。
极目平野阔，摘句尽侯王。
古今逐鹿地，中原叙兴亡。

河　北

一程山水一程行，半是阴雨半晴明。
千里沃野千里目，百年沧桑百年风。
十分有趣十分鉴，万物有灵万物通。

有缘相逢有缘起，无限清景无限情。

八月八日。七夕。夜游后海。老北京的味道，现代派的风情。不好言说的味道。今夕何夕？明夕何夕？君夕何夕？我夕何夕？君我何夕？何夕何夕？相望永夕！永夕自有言。

七夕（一）

数只红笺出帝京，千山万水灵犀通。
十年丹凤梧桐碧，百世情缘向古城。
寻常光阴潇湘地，一朝风月冰心同。
执手共赏情田里，多少英华鸳梦中。

七夕（二）

七夕牵情缘，千里咫尺间。
书香弥氤氲，清茶明目前。
野芳漫滋嗟，陶然终南山。
我欲御风去，心乡伴君还。

七夕（三）

良辰美景醉深情，一生真爱飞古城。
红尘只道人长久，我愿伴君旭日升。

七夕（四）

黄昏秋气重，清凉沁芳津。
轻车驰御道，千里动归心。
又迎佳节至，月下倍思君。
遥望长安忆，红笺如晤亲。

七夕（五）

好风如水逐波凉，一城灯火夜未央。
纤云仙桥人何处？明月照君即心乡。

八月十一日。昨日北京归来，翌日又结伴前往甘南。自驾游最大的好处是自由，随心行至，秋色尽收眼底，逍遥游。

陇上行

曲曲折折西向，欣欣荣荣陇上。
悠悠荡荡秦风，飘飘渺渺云岭。
郁郁葱葱野田，清清泠泠浅滩。
巍巍峨峨苍翠，层层叠叠明蕊。
起起伏伏跌宕，高高低低频望。
蜿蜿蜒蜒清涧，沟沟坎坎前川。
明明灭灭林间，隐隐约约圃园。
远远近近至亲，真真切切乡音。

停停当当天水，开开心心美味。
欢欢喜喜抵甘，乐乐融融游玩。

夜宿临夏市。临夏回族自治州，是全国两个回族自治州和甘肃省两个少数民族自治州之一，临夏市是州府所在地，地处青藏高原与黄土高原、西部牧区向东部农区的过渡地带，冬无严寒，夏无酷暑，四季分明，气候宜人。

临夏历史积淀深厚，文化多元灿烂，曾是古丝绸之路南道要冲、唐蕃古道重镇。马家窑文化、半山文化、齐家文化等文化遗址均在其中，是我国新石器文化最集中、考古发掘最多的地区之一，因出土现珍藏于国家博物馆的“彩陶王”，被誉为“中国彩陶之乡”。古动物化石的数量、品种、规模和完整程度占据了六项世界之最，具有极高的珍藏、展览、科研和科普价值，被誉为中国古动物化石的“伊甸园”。汉、回、藏等各民族文化交汇融合，绚丽多彩，文化资源得天独厚，是世界非物质文化遗产——民歌“花儿”的发源地，被中国民间艺术家协会命名为“中国花儿之乡”。

临夏的夜晚是静谧的，白天的繁华喧闹都沉睡了。好奇心和仰慕之情让我在历史长廊中慢慢品读。临夏，一座神奇的小城。

晨步行临夏巷中

月朗繁星夜，客宿临夏舍。
风凉纳清静，酣梦动车辙。
晨兴步街巷，人稀少车行。

闲逸无喧哗，消受分君同。

八月十二日。退去了夜的帷幕，“咣”的一声一切豁然眼前，草原长歌，山河壮丽，万里图画醉容颜。东天的鱼腩渐渐变得清淡，晕圈渐渐散去，晴空如碧，苏醒了的草原是静谧的葱郁的，一望无际的绿海，轻盈的脚步在轻柔中走过，无名的野花将靓丽挥洒在汪洋恣肆的碧波里，玉露晶莹，朝霞灿烂，甘南锦绣，巴山蜀水，这辽远宏阔、莽莽苍苍、郁郁葱葱的世界里，牵引着遐思的丝带轻启记忆的闸门，曾经的美丽翩翩起舞，云霄之上诸神的盛会成就了天上人间的通灵，于是魂魄飞跃千山万水，飞回血脉相连的长安，飞到我爱的身边。

西苑的细雨，凤城的清风，渭水的倩踪，终南的空灵，毫无顾忌地在心头荡漾。曾经迷茫的我，忧伤的我，愤懑的我，孤独的我，变得澄澈淡定坦然，也变得更加热烈激情狷狂。在才情面前，我终于低下高傲的头颅；在高贵面前，我不再放荡不羁；在典雅面前，我学会了欣赏、尊重与包容。温柔的力量有多大，思念的味道有多浓，我不知道。我惟一能倾诉的是，岁月之河流淌着的真诚涟漪，在每一个早晨，每一个黄昏，每一个寻常或陌生的地方，不由自主地从心底里浮出的笑靥，天籁般的笑声，明白无误地告诉世人，青春是爱的容颜，是梦的呼唤，而美丽的松潘大草原，便是这长情的告白；黄龙的夜雨，便是这长情的独白。

夜宿黄龙闻雨忆亲

苍山怜烟雨，嵯峨惜危峰。

旷远无涯际，浩渺接虚境。
兹水独清澈，瀑流淀五色。
疑为仙源顾，浮云出玉湖。
夜卧南窗下，雨声思无邪。
偏向长安忆，微醺思亲家。
归期心切切，故园意沉沉。
还将千里路，撷英作弦音。

八月十四日。返程途经青木川。青木川古镇位于陕西省宁强县西北角，地处陕、甘、川三省交界，有“一脚踏三省”之誉。据考证，青木川发轫于明中叶，成型于清中后期，鼎盛于民国，是羌汉杂居地区，曾先后称“草场坝”、“回龙场”、“永宁里”、“青木川”。青木川曾是入川的要道之一，大量保存完好、风格迥异的古街、古祠、古栈道、古建筑等历史遗迹，叙说着它曾经的辉煌。一条“回龙场”古街从南向北把小镇拉得悠长，两边的明清民居错落有致地连缀在一起，雕刻精美的窗棂、门楣、瓦当风格典雅，古朴的青石板街道尽显古镇的静谧安详。2014 年，随着电视剧《一代枭雄》的热播，青木川又得一新名“风雷镇”。

是夜，街头灯火阑珊，皓月当空，思绪悠悠，不知其可，想起了明朝人杨慎写的一首词《临江仙 · 滚滚长江东逝水》：“滚滚长江东逝水，浪花淘尽英雄。是非成败转头空，青山依旧在，几度夕阳红。白发渔樵江渚上，惯看秋月春风。一壶浊酒喜相逢，古今多少事，都付笑谈中。”一个时代的背影悄然远去，又一个时代的身影飘然眼前。

夜游青木川

晚霞携云去，山月吐清辉。
华灯映天地，客主频交樽。
石级引闲步，悠然忆古今。
龙亭标三省，陇蜀望汉秦。
昔日青木川，商贾多传闻。
近代有魏氏，江湖居至尊。
纵横行乡里，叱咤呼风云。
改庭换门第，面貌一时新。
兴学开王道，主政育苗根。
危局巧周旋，夹缝求栖身。
城头旗帜变，自重赖拥军。
中立观风向，作茧附鬼魂。
子夜犹思忖，空旷觅回音。
谋事缘权柄，谁论是与非。

八月十九日。厚畛子镇位于陕西省西安市周至县，太白山脚下，黑河源头，与佛坪、洋县、太白、眉县相邻，生物资源、水力资源、森林资源丰富，是唯一兼跨长江、黄河两大水系的景区镇，素有“中国山茱萸之乡”美称。

厚畛子

山幽水清冽，茱萸古林列。
风过津怡爽，深径影明灭。
日动黑河源，云居人间仙。
行踪未可道，浮生自悠闲。

周至老县城是距离西安最远的一个村落，地处秦岭山脉中，四面环山，当地民风非常淳朴，村中家家户户之间都非常熟悉，颇有“日不闭户，路不拾遗”之古风。

老县城建于清道光五年（公元1825年），原为佛坪县县城。城内保留有许多清代遗迹，诸如用卵石堆砌成的老县城城墙，城隍庙和文庙等建筑基址，更有清代的石碑、石刻数百件。当地盛产汉白玉，在离县衙遗址不远的地方就有一座白云塔，塔分四层，六面都雕有不同佛像，其整体都是由上等汉白玉砌雕而成，据说是当地一位得道高僧的塔墓。另有文庙遗迹前神道上的三龙戏珠浮雕石刻在全国更是独一无二，它集虎、狮子、麒麟于一体，工艺造型令人叹为观止。

青山、溪水、古城、古宅、小桥、流水、人家、炊烟、水牛、稻田，一派田园风光，现实版的“世外桃源”，三秦大地的“香格里拉”。

作家叶广岑女士写的《老县城》，成了最有影响力的宣传，不少人因为读了这本书，专门前来体验周至的风情与文化。贾平凹先生为叶广芩住宅所题写的“秦岭一叶”也为老县城增辉不少。当天下午，我静静地坐在城头看夕阳西下，我以为自己已经是桃花源中人了。

周至老县城

深山浮幽林，浅溪引清阴。
险径盘谷处，豁然开境新。
云岭苍松劲，田野透芳津。
葱郁青纱帐，素屋俭朴人。
仪态扬恬淡，神情安逸亲。
问之含羞涩，言恭礼谦逊。
邀坐多史话，阅历复斯民。
九家桃源居，世代遗真淳。
最喜小儿嬉，往来天籁音。
徒步循高处，石城古风存。
遥思接千载，目前穷奇文。
竹篱花烂漫，秦岭叶茂根。
慨然长歌赞，唏嘘交樽频。
丽景乐众享，微醺足下吟。

从老县城返回途中，领略太白崔嵬，欣赏“玉兰王”、铁甲树，游览“一线天”。大自然如此神奇美好，我们怎么能不深怀敬畏之心呢？

太白山

太白郁森森，威名厚古今。

上接天宇高，下连地脉根。
中通和人意，方圆神奇闻。
我行索大道，逍遥向谪君。

观玉兰王

深山灵性生奇葩，秀水河畔思天涯。
莫道翘楚何处是，望春玉兰第一佳。

咏一线天

半是酷热半清凉，半为晴明半阴堂。
半开天道半懵懂，半合迷离半神光。

咏铁甲树

秦岭望名山，太白仰逸仙。
奇绝多险远，灵秀居涧川。
冠盖蔽云天，铁甲神树前。
探索道深浅，久伫思怡然。

八月二十五日。观夜雨作。

夜　雨

暑热煎怀上，雷电迎龙王。
卧看玉珠飞，九天起苍茫。

燥烈趋巅峰，复作夜雨凉。
洞明达一理，物极反方向。

八月二十六日。人们往往忽视了身边的美，常常不相信自己的眼睛，喜欢“耳闻”，然后趋之若鹜去“目睹”。“凑热闹”是一种常见病，需用独立的行动去治疗。留心发现，处处皆美景。我回老家时不经意间路过的渭河大堤便是一处好去处。

渭水行

夜雨净飞尘，青翠沁芳津。
天宇生辽阔，渭水喧琴音。
茫茫分野际，处处浮清芬。
菁草掩幽径，白鹭荷塘飞。
花期客主来，舟摇宾朋新。
重重叠明艳，寂寂悟境深。
感兹兴胜地，酬我意真淳。
更怜桑梓现，依稀岸边村。
自忆杏坛女，才情域中闻。
人杰何常有，最是同道亲。

八月二十八日。赴镇安讲学，沿途掠影尽收笔端。

镇安行

青翠枝柯漫山川，嵯峨蜿蜒过涵关。
惜缘酣畅经纶事，珍爱桃李赴镇安。
昨日清忆浑如似，半载倏忽又岭南。
此身合是学苑味，域中契阔耽杏坛。

八月二十九日。开学在即，好心情。晨起而作。

清晨即景

清气入窗夜不眠，秋虫声里思悠然。
形容夭夭合心住，倩踪翩翩动心弦。
感怀杏坛驱高远，美意学苑逐经年。
莫道韶华酬人浅，万千桃李向河山。

八月三十日。开学了，美丽的校园，我的梦。

胜 日

清气漫竹林，学苑鸟鸣音。
菁菁何可道，袅袅浮花心。
域中列俊秀，天籁却凡尘。
怡然还探看，襟袖纳青春。

秋之韵

二零零八年

九月四日。世界上永远没有回头路可走的恐怕就是时间了，世界上也永远不会存在完全相同的事物，不然我们为什么总要叹息着说“年年岁岁花相似，岁岁年年人不同”呢！今天上班的路上，眼见梧桐的叶子渐渐变得青黄，更觉时光流逝得匆忙。一想到还有那么多的事情要做，就几乎没工夫叹息了！路虽艰难，还得走！渴了累了，歇歇脚，看看路边的风景，再接着继续走下去！遗憾的存在促使我们更加懂得珍惜，而后悔的剧痛则使我们加倍地去热爱自己追求的事物。斗转星移，不能总是“觉今是而昨非”啊！

不经意地一瞥，惊喜地发现路边小园的菜地已是硕果累累：青黄的丝瓜，红褐的茄子，沿着竹竿顺势而下的细长豆荚，凉棚顶上爬满的紫色小花和零零星星的小葫芦，匍匐在地隐身于密密秧蔓中发黄的南瓜，已经没有多少锐气的西红柿架上青色的果子，身着大红袍的辣椒。那些叫不上名字的虫儿正扯着嗓子卖弄着歌喉，似乎要以自己的卖力歌唱吸引我的注意，以表明自己也是这个世界上不可或缺的音乐家。

这一方小小的天地映衬出主人的勤快和对生活的热爱。我自然想起了故乡的田园，那里的美可要比这里壮观多了：灿烂的阳光，清新的空气，带露的花香，动听的妙语，一望无际的田野……故乡美，美在我的心底。

小园风情

浓阴密匝藏浅黄，秋茄情怯识天凉。

相依芭蕉倾力尽，惟有菜蔬思味香。
穷辞才疏未通达，可意人生随书囊。
往来匆匆缘何事？奔波生计公干忙。

九月十四日。中秋节。黄昏时分，月亮把一洗的清辉洒将下来。隔着窗棂，隐约可见两行行道树黑魆魆的巨大轮廓，月光静静地从高大的树冠的枝桠间奔泻而出，风摇叶动，斑驳的月光如同粼粼的波光在水面摇曳。整个院子宛如笼着轻纱的梦。

遥望天空，明月心弦，月光如歌的行板带来春天般的温柔和秋日晚风般的浪漫；星星闪烁中有我的梦幻，憧憬秋日私语的缠绵，玫瑰红的朦胧悄悄绽放心底的眷恋。我不在乎生命中经历的酸甜苦辣，却很在乎人生中得到的关心和感动！我不完美，但我懂得珍惜生命中最应珍惜的人！

“人散后，一钩新月天如水”，此刻坐在窗边，想着丰子恺先生当年在自家庭院举办文化盛宴的盛况，心中油然而生敬意，小小的春晖中学，竟能云集朱自清、夏丏尊、朱光潜、俞平伯等一大批当时国内最著名的文化大师，直到今天，我们仍然为其人格魅力所折服。真正的教育家当是那些潜心治学、博学多识、人格高尚、为人平和的人，以尊重、民主、平等的观点对待学生的人，历史厚积的财富值得我们不断地挖掘、汲取。

我想，月亮文化的要旨在于传承温暖的亲情、纯真的友情、温馨的爱情，在于传递人间的大爱。我们也应该在这样的时光里更多地与古人神交，构筑自己的精神家园。

月下吟

玉兔遥出广寒宫，清辉浮游乾坤中。
思接千载连今古，天宇浩浩何澄明？
夜幕辽阔缀星斗，流云绕月腾蛟龙。
极目四顾啧声叹，欲携长风向晴空。
日月交互昼夜替，邃密潜行谁能穷？
万里苍穹还探看，窥尽造化神斧功。
奇绝山水疑丹青，幽林碧草遍地生。
天街屋舍映瑰丽，银河两岸飞彩虹。
往来行者多谦恭，形胜繁华四周通。
四维立本天地一，与君共作主人翁。
年年风景依稀见，今年今时应似同。
我欲携君蓬莱往，回望故乡起征鸿。
忽见仙山突危峰，松涛阵阵漫天风。
江海连天水纵横，似闻扁舟摇橹声。
俄顷风静丽日悬，迈步巡游任西东。
霞光照碧融流岚，倦鸟归巢乱声鸣。
花自零落寻根蒂，人间情重期晚晴。
执手相看笑谈成，一日心驰万里程。
撩衣解带亭台坐，此处江山更闻名。
云开雾散绘图画，层林尽染夕阳红。
娇儿一声食月饼，梦幻遐思始方醒。
长安夜色好入眼，乾坤茫茫起佳兴。
一城灯火映清辉，天光上下点点星。

愿君月下喜相逢，遍览温情长安城。

十月十九日。午后的阳光懒散地洒满了林子。灞柳依依，灞水绵绵。河滩上的衰草密密麻麻的，那里是鸟儿们的天堂，这些快乐的精灵们似乎永远不知疲倦，它们的露天音乐会在白昼里从来没有终场，那些登场的演员没有等级划分，都在尽兴发挥着各自的音乐天赋——“重在参与”、“民主平等”的口号早已化作它们的自觉行动。我们人类可没有理由不善待这些朋友呢！

天气凉了，但孩子们还是卷起裤管尽情在水里嬉戏。绿地周围满是出游的人们，赶着拍婚纱照的新娘哪里会错过这美丽的风光？长长的拖地的裙裾，轻快的脚步，曼妙的姿态，在蓝天、白云、夕阳、绿地、丛林的映衬下，更见风韵。英气逼人的新郎此时心甘情愿做一名俯首听命的侍卫，殷勤、警惕、细致、干练。我一下子想起了“侠骨柔肠”这个词，国学大师文怀沙老先生讲他长寿的秘诀时说“好色”——爱好一切美好的事物，爱美人儿自是题中之义，“食色，人之性也”——尊重天性而不乱性，这是人之为万物之灵长的重要标志。

灞水游

城中郊外尽秋光，杨柳蘸水影引长。
湖滨偏宜垂杆钓，碧波清韵贺新郎。
芦苇深处闻鸟语，衰草随风野味香。
置此佳境循声去，裙裾曳地伴娇娘。
薄暮空朦笼四方，夕阳西天正辉煌。

但问同窗索佳句，伉俪携手笑开张。
妙语连珠歌慷慨，一曲新词水中央。
归来意态从容久，好梦共与山水长。

十月三十日。清朗宁静的长宁宫常常引起我对往事的回忆，包括那些吸引我的写在墙壁上的唐诗和院子里的苍松古柏。当然，蒋氏父子在此地的风云故事也多多少少会勾起我对历史的追忆。在这充满神秘和灵秀的圣地盘桓，往往会生出独行于天地之间，纵横于往古来今的豪迈。

游常宁宫

万里晴空写壮阔，秋风过林遗萧瑟。
无虞小恙损颜色，新词又起临仙阁。
才思敏锐知几何？且看平素勤求索。
客子心旌通达处，长宁宫事可与说。

十一月一日。我居住的是一座苏式老楼。先前的邻居已经全部搬入新居，现在的住户多是退休的老人和午间休息的教工。因此，整座楼房显得比较安静。一到夜晚，只有几间房子透出莹莹的光亮，显得更加静谧。我喜欢这份宁静的感觉。每天晚上，在灯下漫读，是最惬意的事情。

院子里的一小块空地，在几位老人的精心侍弄下，一年四季都生机勃勃。这阵子菊花开得正盛，一团团，一簇簇，花满枝头，香飘小院，在这寒冷将至的季节，那些流浪的蜜蜂们竟三三两两地在花蕊上撒欢呢。

在这里住了十二年，虽简陋但充满温情，自然有一份割舍不下的情怀。

旧居感怀

枝蔓娉婷不矜持，花中隐士谁人识？
细香幽淡随风潜，冷蕊生津狂蜂知。
独立庭院伴苍苔，偶见主人还复来。
自笑此生才情甚，身似路客偏诗怀。

十一月二日。游子午峪。这是终南山深秋最美的时节。柿树的稀疏的叶子已经染成了赭红色，红彤彤的果子像小灯笼挂满枝头，顺手摘一个，小心地去掉皮，吸一口，软软的凉凉的甜滋滋的，润到了心底！我们一边贪婪地享着口福，一边尽情欣赏美景。

树树秋色，山山余晖。野菊花洒满了山间小路，女儿采了一大把，做了一个很大的花环给我戴上，以示对我爬上峰顶的奖励。“山登绝顶我为峰”，自豪盈怀……

下山的时候已是黄昏，一弯新月从两峰之间探出头来，村子里闪着点点灯光，静谧而祥和。我们哼唱着《吉祥三宝》，走向灯光深处……

游子午峪

终南秋如何？群峰竞秀色。
霜叶红似火，野菊芳酬客。
密草庇阴处，潺潺溪流过。
隔山遥闻歌，鸟鸣争相和。
夕照青峰上，暮气渐升多。
对峰拥弯月，清柔生澄澈。
流云入青霭，雾气绕村郭。
农家炊烟起，鸡犬归圈舍。
但问耕者田，开言述轮廓。
前山果林茂，后岭药王国。
东塬麦垄旺，西沟菜蔬阔。
中庭修梁栋，正欲筑新舍。
踌躇未来计，谋划有雄策。
四季皆丰满，俱实布惠泽。
田野灯火处，归属农家乐。
且行且吟诵，夜风生婀娜。
灞河分野半，灿烂满长安。
城乡弥丘壑，时日平两端。

十一月五日。已经好久没有这样惬意的感觉了：黄昏时分，街灯次第亮起来，夜色有点凉，朦胧的灯光下柳树依旧在微风中展示着婀娜的身姿。

记得在女儿三岁的时候，我利用一个暑假，几乎每天带着女儿游一所大学。不到一个半月，走完了古城的三十二所大专院校。昨夜在美丽的校园叙说那些美妙的故事，最动人的还是那迷人的微笑和善解人意的眼神。心灵不需要设防，打开紧闭的窗户，清新的空气和阳光就会走进来与你作伴。

日常生活中，总有一些小故事常常模糊我们的双眼，总有一些人的形象成为我们温暖的记忆……

夜 忆

斜月朦胧少星辰，学苑柳絮惹眼神。
语落生珠察毫末，妙音拂空摄精魂。
口吐莲花飞芳醇，轻车闲步向君门。
怡然捉笔伏案笑，一任狂歌抖天真。

十一月七日。少年时即爱读唐诗，现在情更笃，意更浓。常常为一首好诗的意境所感动，寥寥数语，言已尽而意无穷，干净、爽利、晴阔。王维、孟浩然的山水田园诗的恬淡、素雅，李白、杜牧、李贺诗中始终奔放的豪情和气势，李商隐、李益、元稹笔下的痴情别恋，杜甫、白居易诗中叙说天下苍生疾苦的悲悯情怀，王昌龄、高适诗中边庭征战的壮烈，贾岛、孟郊诗中的独行苦吟，柳宗元、刘禹锡、韩愈诗中蕴藏的哲理邃思，不管是哪一种，都给人精妙绝伦的感觉。读之朗朗上口，思之涵义隽永，精神上的熨帖更是难道其万一！

好读书，更偏爱唐诗，四季之美了然于胸，书中初相识，却似故人归。想起了宋濂在《送东阳马升序》中谈到读书的妙语——“以中有足乐者，不知口体之奉不若人也”，真是感同身受啊。

诗中山水访先贤

清幽真醇向辋川，恬淡偏爱孟浩然。
浑厚有缘杜工部，磅礴飘逸识谪仙。
边庭领袖王昌龄，奎星曜曜照雄关。
乐天风流小李杜，再携贾孟筑诗坛。

十一月二十日。昨夜读到秦观、晏殊、晏几道的作品，唏嘘不已。仔细想来，成就北宋诗词大家的，当归功于比较清明的政治、洋溢着宽容气息的社会氛围和健康的文化环境。那是一个文坛上人才辈出、群星灿烂的时代。“伯乐”与“千里马”交相辉映：欧阳修举荐苏轼，苏学士成就秦观更是千古美谈。

如果稍稍浏览北宋文学史，就会发现文学田园里处处奇葩绽放，时时明珠耀眼：婉约与豪放共生，雄浑与清丽同在；倥偬金戈铁马，飘逸歌舞笙箫；意境幽远者常读常新，恢弘辽阔者过目难忘。徜徉其中，乐此不疲，不失为人生快事。

不好应酬，好翻书——享受的方式如人面，各有自己的特点，可以与人分享，但不强加于人，更不要求他人与自己有相同的爱好，这就不仅仅是尊重别人，也是善待自己的表现——宽容、包容之心在为自己开掘一条条与人和睦相处的通衢大道，也在成就豁达的胸襟和升华境界——爱吃萝卜，有时也无妨尝尝白菜。

相比较，更喜欢东坡和少游的诗词。

北宋文坛逍遥游

一

清灵毓秀小令娇，柔媚栖息花枝梢。
风骨刚硬多豪放，婉约一派亦风骚。
大江东去卷风潮，天涯芳草路迢迢。
旷达人生谁见了？任将风雨向博鳌。

二

山抹微云连霄汉，人间灯火夜阑珊。
晏殊更在小山外，情词何如无秦观？
天涯羁客难排遣，神笔一枝意幽远。
茕然独立花廊下，隽永缠绵恋孤馆。

十一月二十三日。我喜欢长安大学社区的景致。一年多的时间里，领略了它的四季风光：春的明艳，夏的浓烈，秋的成熟，冬的疏朗。也收获了四季的心情：溪流淙淙，浪卷风潮，澈如明镜，静如止水。人生一如这四季，每个季节都有它独特的魅力。

院子里的小湖又瘦了，而湖水却愈加清澈；几丛莲的顶端生出油亮亮的小小的叶片，宛如古币铜钱；鱼儿静静地呆在那里似乎想着蓄积过冬的能量；四围的柳树少了精神，但婆娑的风姿不减，清癯的影子留在水里，经风一吹，霎时荡漾开来，一下子揉碎了——很快地又归于平寂。忽而想起了今年夏天去过的绍兴，但沈园终没有去成，很是遗憾。又一想，遗憾未尝不是一件好事：因为遗憾，才更存希望；因为不完满，才懂得更好的珍惜拥有。

四季乐园

杨柳揉碎一池碧，婆娑婀娜各东西。
沈园幽梦断肠处，钗头凤词泣血思。
狂歌走马赴戎机，龙泉一握迎风立。
武陵胜景成一柯，千载悲情惜别离。

十一月二十四日。夜读苏词和辛词。酣畅淋漓的享受：一个是旷达幽远、近似禅悟的思想体验人生，一个是气势恢宏、慷慨激昂的奋斗来拥抱人生，不管是“大江东去，浪淘尽，千古风流人物”式的豪迈奔放，还是“马作的卢飞快，弓如霹雳弦惊，了却君王天下事，赢得生前身后名”式的壮志凌云，都能给人一种荡气回肠的愉悦感。夜读酣处，神游北宋，梦回江南，心绪牵两端。

苏辛二公颂

旷达淡雅意幽远，哲思禅悟似天然。
宦海沉浮从容过，千古文章爱子瞻。
豪迈雄阔拓新篇，伟峻恢宏壮烈间。

吴钩男儿英雄气，慷慨激昂忆稼轩。

十一月三十日。游芙蓉园。湖水莹莹碧透，榆柳被夕阳染成了金色。女儿坐在石椅上，品着棉花糖的样子真是憨态可掬。孩子们跑着喊着在草坪上尽情玩耍，年轻的爸爸妈妈们也是一脸的灿烂。这幅亲情图在夕阳中更见温馨。这不正是我们期待的生活意趣吗?

二十年读书，十年奋斗，我从一个农家子弟来到省城，一步步实现着自己的教育理想。读书，改变了我的命运；读书，正在创造着新的生活，把又一个属于幸福的宣言书写……

游芙蓉园感怀（一）

天光澄明拥朝霞，玉兰蓓蕾呼新芽。
杨柳春梦枝头上，涉足怀远嘉年华。
胜日湖滨伴笑语，冬阳城头意气加。
紫藤云阁多儒士，四季何时未有花?

游芙蓉园感怀（二）

一曲新词芙蓉园，茶坊酒肆更情田。
名士识才依慧眼，飘逸俊秀生眉间。
十年豪迈恋书看，笔锋所向气如山。
半载寻常寄素笺，怜君眷我同惜缘。

二零零九年

十月三十一日。与朋友到终南山下的温泉南山汤游览。时天高云淡，飞鸟凌空；芳草幽径，蛱蝶旋舞；杨柳轻风，盛汤氤氲；终南疏影，气韵流长。念及深情，心生怡然：秋日鼎盛，不逊春光；遐思神往，多有挂牵；音信频来，足慰心宽。常忆三月至此，阳和朗日，祥云竞飞；田畴碧海，杂花盈地；乱草吐芽，芳径弥幽；暖水淙淙，禽鸟和鸣；半载倏忽，物是人非；触景生情，几许伤怀；曾经豪情凌云楼，君今何处？而今闲散怡心阁，同行安在？

少年得志，义薄云天；英雄迟暮，狂能健谈。归途星光灿烂，远近街灯如海，顿生岁月蹉跎，时不我待之感：郊原静谧，都市热闹，能驰骋于一方，施才华于一端，修德化于学子，造福祉于韶华，乃为今生使命之所求，价值之所在。倘如此，入则殚精竭虑，夙兴夜寐；出则勤勉精干，一往无前。

翌日晚，云霞西天，漫步曲江，心绪如昨，暖意萦怀，归来灯下凝思，笔走龙蛇，思接千载，视通万里，漫游词赋，神交古人，饮茶为酒，一吐为快：范蠡泛舟西湖，岂比曲江浪漫？灵运登高绝顶，难拟终南闲逸。得意人生在清明，真情文章价不轻。是以为记。

秋日行

未到山前已知秋，轻云凝滞草木疏。
斜阳流岚动寒气，天幕冷月挂玉钩。
平生好友乐远游，寓情山水意未休。
民乐多闻将军令，歌赋常行白鹭洲。
呼子二三登峰顶，人在云天心不惊。

雄视辽阔连广宇，俯首苍茫卧长岭。
素日劳碌少闲暇，咫尺浑如隔天涯。
不为浮名遮望眼，厌倦俗务恋卿家。
忆君感言生慨叹，却见秋色迷魂散。
生如四季天行健，怡然心境出恬淡。
故人邀约南山汤，芙蓉秀水换新装。
温泉凝脂何处现？三和风廊兰桂房。
翠竹合径红袖池，泉涌涟漪无竟时。
岸滨花草俏碧树，天地冷暖芳心知。
忽忆三月繁华地，群鸭戏水柳依依。
半载风景依稀见，花褪残红叶满溪。
廿年韶华意气发，指点江山爱登塔。
不惑豪情何曾减？鬓染秋霜气更佳。
主人好客多应酬，持壶捧杯频劝酒。
性情刚烈兼温柔，行文豪饮皆高手。
心似飞舟立涛头，扶楫注目藐激流。
敢笑谢公行危途，瘦水还载范蠡舟。
宴罢驱车踏归程，满天星辰带露风。
幽香拂面暮色晚，一路欢歌向古城。
今夜幽思结心语，曲江徐步忆盛情。
但将交契常相顾，为君再作秋日行。

二零一零年

十月五日。关中环线游。好开心！千年古槐叙说着历史云烟，而白桦林的生机盎然正象征着浪漫之旅。浪漫在于心境，与年龄无关。

秋日颂

盛日晴和赏柳杨，疏林无处不秋光。
栖红浮翠层层绕，草径密密向农庄。
轻车载欣浓阴道，漫游林间幽韵长。
感铭真情寻常在，胸潜蛟龙夜未央。

十月二十四日。秋雨绵绵。在这样的天气里，走在行人稀少的曲江湖畔，看着寒鸭浮水、柳絮婆娑、烟波缥缈的美景，油然而生一种伤感的美。秋天是收获的季节，也是思念的季节，尤其在雨天……

雨中行

曲江秋波醉层林，画舫东西乐游神。
落红坠素有情物，乱点风雨怜流云。
梦里忆亲常思春，无限秋光日渐深。
旦暮相接又相去，何日美庐迎故人？

十月二十六日。天水公干间隙，一睹文化名城风采。

羲皇庙——中华民族的人文始祖羲皇就供奉在这里。它类似于我们陕西的黄帝陵。苍松古柏叙说着千年悠悠往事，精巧绝伦的建筑令人叹为观止。厚重的历史感令人肃然起敬。许多神话传说记载着人类起源的无穷魅力。

传说羲皇创立了八卦，为人类带来生的福祉。据说人之初，女娲和伏羲兄妹两人，他们要担当起繁衍人类的责任，但是用现代的观点来看，近亲不能结婚。怎么办？他们苦思冥想，仍然没有好办法。有一天，他们接受神灵的启示，两个人分别站在南北二山山头，各将一块石头滚下，如果两块石头完美地扣在一起，说明上天同意他们的结合。

第二天，他们付诸实施，结果奇迹出现了，两块石头紧紧地扣在一起。这就是“天作之美”的传说。他们准备结婚了，但是害羞的女娲于婚礼当日用蒲扇遮住自己的面颊，这就是今天仍然在许多地方保持的风俗——新婚之日，女方头顶盖头的来历。

拜羲皇庙

太昊宫前野草花，河图洛书论八卦。
开天辟地唯一圣，打破混沌不二家。

十月二十七日。游麦积山。当你置身于麦积山栈道，欣赏千年石雕壁画，远眺山水之美，你肯定会对大自然的鬼斧神工和人类的巧夺天工发出由衷的赞叹，“天人合一”大概如此——至少此刻如此！

游麦积山感怀

浮光掠影泊晴明，漫山野芳清幽风。
拾级栈道云阁上，崖壁穿凿碧空中。
千年巧智成璀璨，万佛纷呈不世功。
麦积逶迤酬一笑，为君翻作陇上情。

十月二十八日。参观宝鸡青铜器博物馆。对于周文化的最好注解便是这些造型精美、形态各异的青铜器了，其中孕育的文化内涵非常丰富，没有一定的文史知识作铺垫肯定难以享受到这种超级的精神饕餮大餐。比如，“尊”是古代的盛酒器皿，酒樽上有两个小耳朵，饮酒时以袖掩面，表示“敬”意，两只耳朵刚好顶到面颊，其角度的美妙在于能够使你“一饮而尽”，尊里滴酒不剩，这两个字合起来就称之为“尊敬”。

随后，我们又站在石鼓公园的阁楼之巅远眺，渭水淙淙东流，带走了岁月的流沙，钩沉着人类文明的精华——石鼓文化。

在这片神奇的土地上，周秦汉唐宋的文化踪迹明晰可见。文王访贤，秦国征伐，蜀魏交兵，安史之乱，太白写诗，东坡植柳，周公庙、千载佛国……须再来访，方可慰心。

宝鸡青铜器博物馆感怀

岐原问鼎地，秋风过宝鸡。
昔时人已殁，昭烈四海一。

最堪青铜器，河尊尤神奇。
悠悠千年史，从此传周仪。

宝鸡行

文王渭水访忠贤，太公美名天下传。
秦风古韵今安在？金戈铁马大散关。
明修栈道秦岭巅，暗渡陈仓凯歌旋。
问鼎中原真名世，巨星陨落五丈原。
天宝凄凄兵弭乱，雄鸡一唱渡险滩。
西望云岭绝鸟道，诗仙谪居有遗篇。
湖畔榆柳荷田田，东坡居士乐游园。
缘何仙踪不知处？身在其中自惘然。

甘陕行

独上高楼览雄阔，渭水东流林交柯。
悠悠千古兴亡事，茫茫无涯说过客。
周鼎意蕴铭礼仪，秦王征伐并六合。
响彻神州十面鼓，名闻天下乐府歌。
尔来诗文寻常可，江郎恃才叙独特。
但知儒士莫相怪，举笔扬眉掌故多。
前日天水赏夜色，昨日山中拜佛陀。
黄昏归来迎晚照，绝壁瀑挂溪卷波。
中宵执卷人不寐，心思偏向天竺国。
红叶题诗寄君去，识卿高义未蹉跎。
凤鸣岐山知几何？千载风流任消磨。

文武形胜处处是，走马观花鲜有得。
往往佳地细察之，缘爱为文好求索。
今夜湖滨独迈步，清风拂面柳婀娜。
灯光迷离韵天地，隐隐星辰湖中落。
偶叹岁月如流梭，人在旅途梦如昨。
短暂区区少百载，善待聚散与离合。
闲暇学苑且偷乐，自负胸中有丘壑。
此时此地遥相问，长安心语怡心阁？

二零一一年

八月二十四日。昨天游览了大峪，品尝了那里非常有名的红鳟鱼。当时天降小雨，大雾弥漫，整个山谷笼罩在雨雾中，颇有几分神秘感。夏末秋初的郊原分外迷人，我们这个年龄的人都听过张明敏先生的代表作《垄上行》，依稀记得那诱人的两句“我从垄上走过，垄上一片秋色……”徜徉在这美丽的田园风光里，便觉是个自由的人、闲逸的人，不觉也有了几分洒脱。

游终南大峪

雨雾漠漠漫大峪，莲叶田田捧芙蕖。
红鳟清蒸美食味，欢欣多缘友朋聚。
山径幽幽通天际，石隙淙淙吐清溪。
欲问兴致归何处？最喜郊原风光迷。

八月二十九日。昨夜下了入秋以来的最大一场雨。今天上午雨还在下。记得去年的这一天也是秋雨洗礼，我的三位朋友在这样的天气里走上了新岗位，我坐在办公室，望着窗外如注的大雨，写下了《宦读人生应无涯》的随笔与诸君共勉。

时光匆匆，一晃又是一年。盘点走过的路，点点滴滴写的都是职场的艰辛、坎坷、浪漫与丰满。一路走来，感到了从未有过的充实，当然也有疲惫、焦虑、烦躁与忧郁。

“我追求，我喜欢，我快乐，我幸福”，这依然是我今后行动的主题词。

秋雨感怀

怀抱秋色下庭庑，荷叶如蒲滚玉珠。
挑灯斜卧沐凉气，秋虫声里好读书。

九月四日。游曲江风景区著名景点唐诗坛。风细细，雨飘飘，仿佛穿越时光隧道，回到华彩唐朝，聆听大家俯仰天地、纵横捭阖的潇洒与浪漫。吟咏歌唱，沉醉其中，陶陶然乐不思返。

及至梦醒时分，终不知仙踪何处，徒然伤感，可怜赤子心！这也许是所谓文人的性情使然……虽不能至，心向往之。

诗坛揽胜有感

好池好水好诗坛，芳草萋萋秀满园。
明湖柳色可人眼，浓绿薄翠鉴深浅。

了知新景惹寸管，悠然品味足下欢。
自是茶语拂心满，云淡风轻乐清闲。

九月八日。清晨。不经意间惊喜地发现阳台上的红豆密密匝匝地镶嵌在绿叶之间，分外惹眼：绿莹莹的叶子精神抖擞，叶片油亮亮的，那一颗颗红豆犹如红玛瑙般晶莹剔透。还有辣椒笑红了脸，乐弯了腰。还有丝瓜的藤蔓拼命地向上伸展，理直气壮地从雨棚的缝隙中指向云天，用勃勃生机展现着旺盛的生命力。

我喜欢这样的氛围，清清爽爽的，干干净净的，安安静静享受一份恬淡，一份清欢，青春的畅想和灿烂的现实联袂演绎的秋光美交响曲，将居于斗室之中的我带向遥遥天际。生活不只是活在当下，还有诗和远方。

雅诗抒怀（一）

孤笔一只点素秋，尽看芳菲绽西楼。
清风不减来时路，鸟鸣声里叙晴柔。
轻车日过太白路，灵虚所向乐无愁。
且看盛色可人意，撷取菁华两悠悠。

雅诗抒怀（二）

九月秋色正壮行，更兼细雨动幽情。
素宅欣逢浑如醉，花明果艳笑相迎。
藤萝芳草涨青碧，绿漫窗棂悬吊钟。

云阁坐对心头语，抚额回望龙王宫。

九月十一日。岁月呼唤着丹青的妙笔，开始书写秋天的长轴画卷。小池中的荷叶已经没有夏天的那般青春，但是依然在做最后的努力，把绿的梦幻用小荷的清韵铺展开来。花花草草，点点滴滴，有一种小巧玲珑的清澈干净的美意。秋之韵，正袅袅升起……

小院秋景

水汽浮空似有无，小荷破苞映清湖。
远近高低含烟树，眼前一片丹青图。

九月十三日至十九日。随“西安市普通高中新课程改革考察团”赴广东省广州市、广西壮族自治区南宁市教育行政部门和相关学校考察。会议间隙，游览南国名胜，深感祖国疆域的辽阔和物产的丰富。特别是名山大川给予我更多的美感和自豪感。

环境对人的影响是难以想象的。当我置身于美丽的风景之中的时候，油然而生的爱恋之情溢于言表。外面的世界好精彩！世界这么大，我们应该走出来。只有见世面，才能长见识。

所到之处，情不自禁，我以为文字留念是最美的，可以回忆，可以想象，可以向往。心灵的自由度无穷大。

别古城途中所见

古城阴雨珠江晴，万里浮云南国行。
欲将学苑作盛事，何辞域中又经营？

十四日。与广州市教科所同行交流后赴广雅中学和执信中学考察。两所学校浓郁的文化氛围，独特鲜明的风格和骄人的办学业绩给我们留下了深刻印象。前者为晚清重臣张之洞所办，校园古木参天，花团簇簇，有一种历史的厚重感和典雅美；后者为纪念革命先行者孙中山先生的副官、著名爱国人士朱执信先生而建，学校历史悠久，文化积淀深厚。

当夜，奔赴广西。

花城行（一）

南国初秋意葱茏，遍地花事动羊城。
学苑奇葩誉奇秀，百年勋业博盛名。
广雅执信安可道？博大精深舒灵通。
黄昏自兹西北望，长安儒士自有情。

花城行（二）

夜辞花城又西南，万家灯火浮云端。
神思学苑知何处，一轮皓月正中天。

十五日。考察了南宁市第一中学。这是一所正在发展中的学校，我们面临着相同或相似的问题。需要不断地给力，特别是强有力的政策支持才有可能突破重围。

交流有诸多的好处，特别是在同一类问题上引起的心灵共鸣，往往会把天涯朋友变成咫尺伙伴，而共同的追求甚至会将我们变成命运共同体，在共同的价值目标中相向而行。我们常常所说的“不虚此行”，自在其中。沿途的美景很养眼。

南宁印象

半城花树半城楼，邕江环绕三江游。
似此仙居洞府地，独占人间第一流。

是夜，月明星稀。一船的清辉与渔火交相辉映，朦朦胧胧的，弥漫着浪漫的气息。心旷神怡的我，思绪飞回到云岭之外的古城。千里明月寄相思。家，是永远的精神根脉。

月夜寄怀

皎皎玉轮江上生，万里碧波泻澄明。
风卷涛头船破浪，星辉交映渔家灯。
我欲因之逍遥行，却愁飞雁影无踪。
怀思身累还相忆，一般明月人不同。

十六日。游览涠洲岛后夜返南宁市。海风凉爽，海韵怡人；夜市繁华，游人如织。触景生情，神采飞扬，笔走龙马。

邕城行（一）

鸟鸣晨曦花间闹，微风逐浪鳞光照。
渔家扬帆接天处，巨轮次第起深锚。
碧水蓝天斩波涛，载欣轻发涠洲岛。
琉璃茫茫隐隐见，人间仙境乐逍遥。

邕城行（二）

千里碧波千里行，云霞明灭九霄中。
无风还逐心头浪，更堪涠洲潮水横。
北海涛声情义重，南宁叶榕爱意浓。
使君莫言别后事，无限风光寄古城。

邕城行（三）

涠洲岛上合欢花，蛱蝶翩翩嬉奇葩。
涠洲岛上相思树，斜枝交交情如故。
涠洲岛上三角梅，犹见长安眼中人。
涠洲岛上飞绿云，峰回路转不见君。

十七日。“桂林山水甲天下，阳朔山水甲桂林”。人间仙境，名不虚传。

山水印象

谪仙云居何处寻？秀山丽水绕桂林。
撷取清芬酬寸管，无限风光醉花阴。

古东行

奇山秀水荟古东，桂花点点落塘风。
飞瀑经营从崖壁，藤蔓铁藜曲径通。
芳菲盈地各自行，林阴蔽天意无穷。
更将光景舒明眼，慧根所向下古城。

咏漓江

漓江如镜磨，临照万景阔。
奇秀惟绝处，冠岩一洞锁。
常思精巧在，神功赖天夺。
归来唏嘘赞，人间夫如何？

阳朔赞

丽日红花忒多情，阳朔呼辞桂林城。
喜看翠微栖心驻，留恋秀色夹道迎。
最是迷人经营处，漓江一道水澄明。
暂将胜景作眉眼，为君欣作南国行。

漓江行

漓江轻漾白云间，峰影倒映看仙山。

风物相宜近似远，造化神功无深浅。
百里长廊赏画卷，凤竹摇曳涌思泉。
而来别君路漫漫，舟行水上忆长安。

观九马画山

造化神功九马山，绝壁孤崖次第悬。
二马盘槽食美味，一马静思伫池边。
双骥驰奔并驾行，扬鬃奋蹄嘶向天。
又见一骑行踪藏，巉岩危峰隐其间。
峰回路转草地现，三马神情何怡然。
小马顽劣憨态足，孪驹信步享团圆。
我缘美景感复言，古城从未少伟男。
使君同来莫辞频，风雨兼程只向前。

南国忆亲

船到漓江头，北向思悠悠。
南国丽日盛，古城雨逗秋。
遥问使君讯，倦客意未休。
何日会盟际，消我别离愁？

兴坪吟

翠峰环立水抱城，洞奇石美阳朔行。
名胜一派甲天下，古镇风光最兴坪。
凤尾竹林自韵色，苍松舒臂犹云龙。
心仪胜景痴绝处，毕竟风物连归程。

十九日。桂林城中。

读城（一）

千年传奇小叶榕，万峰叠翠拥碧城。
清幽奇美知何处，阳朔归来兴更浓。
泛舟日月湖畔上，清风徐来水荡漾。
画桥卧波无穷意，撷取菁华入诗囊。

读城（二）

青岭逶迤叠翠峰，峰连碧波绕桂城。
漓江清澈深深见，画舫泊美款款行。
十三桥头江心过，处处风光奔眼明。
但使通灵慧根在，多彩人生缘经营。

读城（三）

翠峰绕水映浮云，游罢阳朔又桂林。
岭南一派风光地，清幽瑰丽何销魂。
更兼造化生美味，荔甘橘甜蟹肉肥。
画桥连波谁为主？神仙向我肖凡人。

读城（四）

独秀峰上映朝阳，鱼鹰奔忙水中央。
着我一叶扁舟摇，荷花风里弄漓江。

十月一日。与友人赴素有“陕西后花园”美誉的汉中游览。故人情重，唯恐照顾不周，湖光山色，野味美食，应有尽有。无以回赠，暂且烹调文字，以为精神之餐。味道如何，且不去管它，聊以自慰即可。

游汉中兼赠友人

汉中漫游似江南，十月正是可人天。
翠绿分层红素裹，青峰绮丽笼云烟。
水田无际丰收地，硕果盈枝好橘园。
黄酒肥蟹魔芋宴，美食腊酒醉怡甘。
忙将盛色笔尖展，贪婪最爱诗囊满。
漫从两汉撷佳句，更向三国品容颜。
岭南岭北酬友见，话里话外真情现。
山长路远不隔眼，冰心真爱最长安。

十月三十日。骊山秋色浓。清晨，与几位同行沿着羊肠小道向大山深处进发。这条路很少有人走，几乎被野草覆盖。只能小心翼翼地探寻着前进。露水沾湿了鞋裤，但兴致不减。黄昏，饮酒乐甚，酩酊带月归。

山 行

薄雾漫山巅，冰轮东天悬。
坐看芳菲地，身拥花丛间。

簇菊酬我意，沁香驻心田。
与君共仙境，陶然享清欢。

二零一二年

九月十三日。假日里习惯于西苑漫步来放空自己。我喜欢这种休闲方式：一周的忙碌，常常身心疲惫，在这难得的闲暇里，徜徉于清晨的护城河畔，看杨柳依依，望水光潋滟，自是赏心悦目，惬意萦怀。

西苑漫步瞩怀

水生垂柳映碧潭，风雨烟波漫城边。
飞天玉线剪不断，丹青着意梦故园。
应谢草虫忙秋事，喜看牵牛蔓篱间。
品尝诗书食清味，更忆至交开心颜。

九月十六日。令我开心的是在这金色的季节里，我又一次走进仰慕的校园，在这片充满魅力的心灵故乡、精神家园，我盘桓于它生机勃勃的草地、树林，留恋于它风格独特的建筑，沐浴于它浓郁的人文气息，身居闹市而无车马之喧，闹中取静尽享静怡之美。陕西师范大学——我的大学梦。

学苑即景

豆蔓扶墙负豆荚，牵牛翘首吹喇叭。
丰收争喧谁先后？呼朋引伴数丝瓜。
凉风拂面舒清气，学苑芳醇嘉年华。
且行且吟且陶醉，翰林处处飞奇葩。

九月十九日。小雨淅淅沥沥地下着，满城的烟雨笼罩着一个朦胧而富有诗意的世界。步入西苑，清静中却分明能感受到秋天收获的热闹：不知名的草木已经结满了密密麻麻的果实：一串串，一蓬蓬，悬着的，低垂的，张扬的，低调的，全都一股脑地展现在眼前。这些生灵啊，情趣各异，但都别无二致地以自己的处世方式倾诉着生命存在的意义。

我在想，人，还是要有一点“毛遂自荐”的精神，否则，有谁会知道你存在的价值呢？许多美好的记忆与眼前的美景交织在一起，织成壮丽的画卷，妆点了我的精神世界。生活馈予我们如此多的美丽，我们更应该用勤奋和智慧去创造更美的生活。

西苑思（一）

斜雨细细落庭庑，数鱼潭中深浅浮。
远近高低疏密树，迷离古城丹青图。
忽有佳句访心隅，挥笔求思却似无。
清平指点横塘路，梦携扁舟泛西湖。

西苑思（二）

甘露清荷流韵香，芳菲张罗付篱墙。
双蝶传意翩翩舞，比目情深沧海翔。
倩影飘飘素面妆，语落卿卿筑蜜房。
更看巫山太虚境，云雨忽来放天窗。

九月二十八日。清晨，我从长安大学穿过，日日走过的小院里风景迷人：挂满枝头的红枣，调皮地爬上树枝的丝瓜，沿着墙根尽力向上攀援的竹子，伏在篱笆上的牵牛花……喔！思绪一下子又飞到了辽阔的田野，丰收的梦就要化为灿烂的现实了——收获的季节，开心的时节，闲逸的时节，浪漫的时节……

小院杂感

奇曲虬枝老藤爬，红枣探头悬丝瓜。
竹怀气节述高雅，窗棂新吐牵牛花。
郊原壮色话桑麻，秋禾鼎盛乐农家。
忽忆职场陈年事，倦鸟归巢思天涯。

九月二十九日。秋天把春天的希望染成了金色，沉甸甸的，收获已然眼前。心有所感，怡然以记。

孟秋图（一）

小诗点缀秋色深，夜虫声里梦知音。
肆意青翠收豪迈，硕果枝头气象新。
欣喜荷塘弥清芬，更赏银杏树树金。
人生幸会歌慷慨，为君助兴丽日吟。

孟秋图（二）

何事物华不相关？草木有情慰心宽。
寻常每忆学苑里，尊道贵德师生缘。
经年耕耘无厌倦，桃李终成栋梁欢。
莫道丽景独一是，风情处处访人间。

九月三十日。书生堪当伟丈夫——我一边回忆着流逝的日子，一边在咀嚼筛选出的信息。在闲散的脚步中，在愉悦的交谈中，在快乐的笑声中，在回眸的一瞥中，在灯下的漫读中，在灿灿夕阳下紫藤的流韵里，在彩云浮动的流光里，在笔底流泻的心语里，在深睡的酣梦里，在轻声问候的温暖里，我感受到了温情背后的力量，体味到了真情的拥抱，洞察到了一颗缠绵而不悱恻的灵魂的昭示：情义无价！

午后的夕阳很是壮观，我沉浸在绚丽的落日的余辉里，挥挥手，带着依依惜别的深情与九月作别！那些美丽的、回味无穷的日子，都将在记忆的长河中留下绚烂的色彩，成为我们美丽人生的足迹中清晰可见的烙印。九月没有奇迹产生，但有孕育奇迹的土壤。

记梦

梦辞蓬莱下瀛洲，鲲鹏万里逍遥游。
苍山如黛天远大，澄宇流光浮鹭鸥。
海蕴珠贝作神手，丹青笔墨自春秋。
且看千帆竞浪逐，抚剑舒眉驻涛头。

二零一四年

九月二十二日至二十五日。受省教育厅委托，到陕北延安地区开展联合督校工作。先后奔赴延长中学和洛川中学指导交流。那里的同行工作环境艰苦，但是他们的精神状态却令人感佩。

时代在发展，光有精神鼓励远远不够。对于现代教育发展而言，差距主要表现在观念上，主要是软实力的较量。与洛川中学同行的访谈中，我更坚信艰难困苦，玉汝于成的道理。正是他们的静心、痴心和精心，才有了当地基础教育的发展。坚守不仅是不服输的性格使然，更是一种精神，我为同行点赞。

陕北盛产苹果，正是收获季节，满目灿然。沿途所见所思所感，与同行分享。

延长夜雨寄古城

清风古城意，夜雨延长思。

飞信传两地，朝夕安可稀？
方寸千千结，衷怀向痴迷。
怜子学苑在，杏坛醉桃李。

洛川逢秋分日

岭原莽苍苍，红绿清芬扬。
荷担前后继，采果分外忙。
东西遥相望，南北列行行。
杂陈街巷满，秋分五谷香。

延长行

一道山水几处长？重峦叠翠浮流光。
南望古城兴无比，何曾两地愁心乡？
同行相亲人相近，终日勤勉育栋梁。
感怀菁华挑灯看，学苑归来夜未央。

洛川中学印象

玉珠栖碧草，灵韵浮松老。
和美此中好，长进无迟早。
累年循大道，终岁护根苗。
夜来思戈矛，迎风擎大纛。
至朴杂念抛，光华访城郊。
箴言赤诚绕，修为族群高。
襟怀山川抱，仁爱琼浆浇。
征尘相与笑，豪情干云霄。

十月二十六日。终南山的秋色浓似老酒，醉酽酽的红、赤、酡、朱丹，深绿、青绿的颜色碧油油的，深浅的黄又不乏浪漫的色调。金秋十月，美！

终南抒怀

层林帛彩浑如春，霜叶烂漫似芳菲。
梦里并蒂花千树，庭中瑶池莲冰心。
枝头红豆接天地，蒹葭杨柳承古今。
休道情缘寻常有，红尘之外无伊人。

十一月二日。阳光照旧灿烂辉煌，只是少了热烈，变得温和了许多，一幅幅山水田园画铺陈在眼前。成熟的流韵在空中荡漾，丰收已然在望，飘然而下的树叶借着风儿迅速传递着晚秋的号令，草虫的叫声宣布金色的秋季即将谢幕。漫步旷野，陶陶然乐不思归。“天气晚来秋”“人间重晚晴”，一份达观豁然眼前。秋天适合怀念，附带着一点点感伤。醉美！

晚　秋

暖阳夕照泻林烟，眉月逸韵荡青天。
华灯次第流光转，城头情歌动离弦。
曲折宛转鸳鸯意，声音清和漫长安。
韶华逐日随流水，念君寻常共谈欢。
昔时学苑交契频，今朝职场人两端。

诗赋深味觉情浅，心语回灯忆红颜。

十一月十八日至二十一日。受省教育厅委托，赴汉中地区联合督校。正是深秋季节，沿途所见碧水蓝天，层林尽染，暖暖的色调令人陶醉，享受精神自由是最开心的事情。飞扬的心绪从笔底飞泻出来，真快乐。

汉中行

造化本是丹青手，赤橙黄绿流韵走。
最是云岭望不尽，无限风光漫汀洲。

西乡行

通衢静寂寂，驱车已黄昏。
古城飞信至，西乡迎至亲。
学苑明大道，躬耕事儒林。
山水虽遥远，不隔眼中人。

归途即景（一）

一程山水好风光，二车轻捷归故乡。
三番深情留不住，四校温语暖意长。
五福临门竞相祝，六顺和美最安康。
七里烟霞藏远村，八方浓淡呼华章。
九思学苑博雅爱，十面清景送秋香。

归途即景（二）

层林泊彩云岭洇，涟漪明眸翘蛾眉。
好山好水赏不尽，满目菁华伴人归。

归途即景（三）

品茗清逸醉茶乡，赏山乐水祗安康。
陶然杏坛何可道，四季耕耘伴书香。
最喜造化解人意，物我同一倾诗囊。
哲思睿语铭教诲，耳畔寻常最柳杨。

十一月二十九日。游九龙潭。秦岭北麓的九龙潭，位于西安市长安区境内的喂子坪。它是千百年来流水冲击山石，于九个不同山峰间自然形成的九个不同风格的水潭。湍急的溪流将谷底基岩旋成一条蜿蜒回环的通道,造成许多跌瀑深潭，宛如蛟龙出水，蔚为壮观。特别是奇石生树、树中有石的奇观，更见种子的力量：纤弱的往往是最坚强的；柔小的，常常是最有力量的。大与小，强与弱，都是相对的。

九龙潭（一）

九天横出飞龙泉，叠瀑聚萃连珠潭。
造化万象神来笔，闲情逸思到人间。

九龙潭（二）

泉珠落成碧玉潭，倚壁栖树百藤园。
山色空濛寻不见，细雨游丝衣未干。
幽径横斜绕枝蔓，霜叶缤纷水映天。
驿路人家多好客，野味山珍开盛宴。

石生树

秀木开石门，丽水移山村。
纤草固险峰，明花驱光阴。
平凡蕴奇伟，峥嵘连脉根。
万般谁为最，伟岸从凡人。

二零一五年

九月十二日。参观位于三原县城郊的于右任先生纪念馆。右任先生是卓越的民主主义革命家、社会活动家、书法家。先生所写《望故乡》荡气回肠，催人泪下：“葬我于高山之上兮，望我故乡；故乡不可见兮，永不能忘。葬我于高山之上兮，望我大陆；大陆不可见兮，只有痛哭。天苍苍，野茫茫，山之上，国有殇！”云山苍苍，江水泱泱；先生之风，山高水长。

访于右任先生纪念馆有感

一代风流何处寻？笔走龙马馈美文。

人间正道栋梁事，国殇雄篇照昨今。
缘君博爱魂故里，游子寻常思脉根。
每忆海峡共明月，万里江山天地心。

同日。游龙泉山庄。斯地与关中地区礼泉县的袁家村、户县的李家岩、蓝田县的簸箕掌、泾阳县的茯茶镇、高陵区的场畔、兴平市的马嵬驿，构成了关中民俗文化系列组图，各有特色，各有千秋，但同质化倾向比较明显，发展后劲略显不足。但愿能引起顶层设计者的高度关注，避免人力、物力、财力的浪费。姑且思之，姑且赏之。

龙泉山庄

郊原处处清景明，龙泉山庄更味浓。
河川图画城门里，无限秋光掌心中。

九月二十日。从凤城住所北行约两公里，便是闻名关中的渭河大堤。在构建国际化大都市的规划中，渭河将成为未来西安的城中河。梦回大唐，靠的是舍我其谁的气魄、海纳百川的胸襟和实干巧干的胆识。

与朋友带着孩子们漫步于空旷辽阔的大堤，四面环顾，秋光如聚，河水如练，树色如黛，芳草如茵，荷花如簇。好一处静谧又热闹的去处！徜徉于无边无垠的秋光之中，聆听理查德·克莱德曼的钢琴曲，美亦快哉!

渭水行

四处秋树浮晴光，十里荷塘漫余香。
稚子温忆翠园路，亲朋笑谈故人庄。
拾级循步趋新径，群鹭嬉游水中央。
欢欣不知身何处，风华乐怡醉心乡。

九月二十三日。曲江南湖的四季美景，尽在笔尖炫舞。冬之素，春之艳，夏之茂，秋之韵，时时来访，季季拜望。欧阳文忠公所谓“四时之景不同，而乐亦无穷矣”。

曲江吟

坡塬罗草茵，湖光倩影深。
残荷浮香韵，闲鸟荡芦苇。
曲径栖故意，芳洲留碧痕。
还思潇湘去，芙蓉自至亲。

十月四日。从西苑住所凉台俯瞰，是一座别致的小花园。金秋时节是最热闹的，修竹青翠，枫叶醉颜，枇杷吐金，芳草碧油，园禽枝鸣，百虫欢歌。清朗的夜晚，依稀可见熠熠星光。坐在庭院中，或独享清幽，或品茗闲话，皆是雅趣。于是我将居所戏称为“云居阁”，将小院命名为“畅园”。

乐趣是自己找的，与他人关系不大。

城 居

草虫拨心弦，树鸟鸣云天。
中庭话学苑，幽情征人还。
寂寂栖宅院，款款享清欢。
闲趣何可道，自主即怡甘。

十月十一日。秋水澄澈，秋色宜人，秋游不逊春游美。至少我在汉城湖的感觉如此。

秋日游汉城湖

霞光浮翠大风阁，芦花轻摇水凌波。
奇曲林阴烟尘路，寻常青陌掩城廓。
万里遐思呼浩森，千载经卷叙汉多。
依稀鼎盛今又起，长歌声里又中国。

十月十三日。参加陕西省省级示范高中评估工作。一路风尘仆仆，昼夜兼程，快马加鞭未下鞍。虽然疲劳，但教育的话题总令人亢奋，所以山路夜行，依然好兴致。

别宁强夜行紫阳

笑谈桃李艳，惜别碧云天。
忆昔凄凉地，今朝盛名传。
入暮又驱驰，星海影巴山。
浮生路途上，滋味苦亦甘。

十月十四日。在紫阳县紫阳中学工作之余，阅览汉江两岸秀色，欣赏民歌，体验风土人情，美意荡漾心头。

紫阳情（一）

流韵弥香醉金秋，沐紫承阳尽风流。
墨趣钟爱丹青画，万里江天一笔收。

紫阳情（一）

浮生期许安康家，山城学苑一枝花。
无忧常饮太白酒，闲趣多品紫阳茶。

十月三十日。喜欢一个人漫游时的心境。现在正是如此：可以回忆，可以遐思，可以什么都不想。自由多么好！珍惜当下，便是享受生活。

黄昏独步西苑

半是阴雨半日曛，满园霜叶罗新痕。
河堤柳絮聚烟韵，路畔酒肆闲怡人。
秋水微波眷清影，斜径深巷醉竹林。
复忆长安道学苑，更赏清景望暮云。

十一月一日。下午。驱车漫游曲江森林公园。这里曾是我闲暇时经常光顾的地方。茂密的森林中弥漫着薄暮时分升腾的雾气，隐隐地透着几分神秘；那片闻名古城的葡萄园里残留的枝蔓似乎还在张扬着昔日丰收的辉煌；枫林用丹色把自己打扮得分外妖娆；银杏林则用满身的金黄标识着自己无与伦比的高贵；柿树上灯笼般的果子在风中轻轻摇曳，仿佛有串串风铃随风送来美妙的乐音；沟渠堰、土塄坎、悬崖边，到处开满了金灿灿的、粉白的野菊花；原野上新翻的土地露出黑油油的肥沃的土壤；偶尔可见几个农人在地里侍弄着肥硕的青菜。

走在旷野中，尽享大自然的清幽和空旷，我一下子想起了初夏来时的盛景，那种扑面而来的勃勃生机，强烈地感染着我，“天时人事日相催”，节气不等人啊。世间物象，皆是因为有了人的介入，才变得活泼起来，空灵起来。所以，人是最可宝贵的，真情是弥足珍贵的。不然，为什么我们说“人物”而不说“物人”呢？可见，人是第一位的，我们所说的人权，不也是在强调人的生命尊严吗？

故地游

枫叶流丹簇菊黄，十里秋风尽柳杨。
清芬多揖农家乐，野芳弥散正幽香。
忽忆七月暑天忙，轻车携子游曲江。
故地独迈悠闲里，汉陵唐苑蕴华章。

十一月三日。书斋坐久了，浑身便不自在，俗语说，“一脉不和，周身不安”，这体验几乎天天都有。我自以为算得上是个比较勤奋的人，这勤奋一半源于热爱读书，另一半源于职业追求。

我素来干活不怕出力，甚至工作起来有股子蛮劲，明知这样有损于健康，但积习难改，一旦坐到电脑前，几难挪窝，所以，身体的各个器官常常因受了冷落而自发地组织起来联合对抗我的精神。意志的力量是惊人的，但筋骨疼痛的折磨也是令人难以忍受。思忖再三，还是作出必要的让步，这样就可以保证取得“双赢”了。

我喜欢黄昏时分在慈恩塔下散步，这正是舒活筋骨、放松神经、享受闲趣的好机会。而我写的诸多诗词也正是在这样的环境中酝酿而成的，虽谈不上有什么雅趣和意蕴，但至少记述着我热爱生活的心理历程。今夜便是如此——秋风、明月、小桥、溪水、竹影、清词，满城的灯光……我的心醉了……

慈恩塔月夜抒怀

慈恩秋风过郊原，东天浮出白玉盘。

月筛竹影随人动，一枝撷取却为难。
遥思月宫寄云天，我欲拜谒非谪仙。
清词丽名与君看，俯首折眉计日还。

二零一六年

九月九日。经过层层筛选，我获得了“陕西省十大好校长”的荣誉称号，出席了省委省政府在陕西宾馆庆祝的第 32 个教师节表彰大会。

在职场上行走二十六年之后，获得如此高的荣誉，是我始料不及的。那一刻百感交集，与我的同仁们共同分享这一殊荣时，几度哽咽。我坚信，只要永怀赤子之心，不管风吹浪打，依然执着前行，就一定会向目标不断迈进。和孩子们在一起，永远开心快乐。

教师节抒怀

金菊香阵秋气高，国宾馆前解征袍。
融融心语桃李梦，曲曲凯歌栋梁娇。
莫道韶华容易抛，学苑英雄胆气豪。
今日盛典开襟怀，来年芳菲满园飘。

九月十日。教师节。以劳动节的方式庆祝我们的节日，更有味道。我的校园我的孩子，我为我的教育理想奋斗的过程，便是我的生命拥有存在感的过程，更是我的工作、事业带给我获得感的过程。

佳节感怀

学海泛舟逍遥游，杏坛叱咤任风流。
手中丹青绘宏图，足下万里览九州。
长安有梦循大道，韶华无悔度春秋。
晨光清气好良伴，天籁声里庆丰收。

九月十一日。秋天的原野一派丰收景象：由远及近，珍珠玛瑙一般的葡萄一片片、一架架、一串串，颗粒饱满，晶莹剔透，肉肥汁多色美，香甜可口；玉米脱下了绿战袍，着上黄金甲，在场畔上排兵布阵，宣示今年又是一个好收成；村庄周围的行道树中，最数柿树风光：微微泛红的叶片被风一吹，一簇簇、一团团火一样的果子，“中国红好是抢眼”；远处终南山的色调开始丰富起来：浅黄、酡红，深绿、明翠，随着山势呈波浪状，此伏彼起；溪水开展瘦身运动，把自己打扮得更加纤细、澄澈、柔媚；阳光依然热烈，但明显感觉到透着温和；天空清朗，流云纱一般的梦幻；人们的脸上少了焦灼，变得轻松起来。

秋天来了，丰收的喜悦漫上心头。

秋游终南

晨兴葡萄园，色味独众妍。
农家言丰年，笑品玉果甜。
每话稼穑事，盈盈语生甘。

耕耘接四季，收获时赖天。
人情可代谢，物理循律严。
苦缘多欲望，知足生怡然。
浑如赏山川，晤对结善缘。
从心如故友，造化两相欢。
清风抚我面，白水漾微澜。
林深花影乱，水清鱼潜潭。
巉岩危峰兀，流瀑出高冠。
极目秋意访，丹青滋芳颜。
归来侃侃叙，朴真款款还。
以中明大道，性灵蕴其间。

九月十七日。游草堂寺。草堂寺是中国最古老的佛教寺院之一，位于西安户县东南 20 公里的圭峰北麓。这里是高僧鸠摩罗什（中国佛教四大翻译家之一）当年译经的地方，因该场地茅屋简陋，故名草堂寺。寺内鸠摩罗什舍利塔地底座高为 2.33 米，八面十二层，用西域八种颜色不同的玉石雕刻镶拼而成，称“八宝玉塔”。寺内有一古井，常有烟雾溢升，遂成长安八景之一的“草堂烟雾”。草堂寺被视为中国佛教三论宗和成实宗的祖庭。清幽所在，静心养气，忙碌之余，无妨一游，定有不虚此行的感觉。

秋游草堂寺

人间居仙境，天地一脉通。

草堂烟雾早，长安大寺中。
遥思乾坤胜，古今有遗踪。
幽幽栖静谧，隐隐钟鼓声。
高僧执经卷，慧根开祖庭。
禅心动参悟，深谙三论宗。
痴向彼岸花，佛国拜神灵。
归来嚼滋味，凡尘实与空。
忧烦缘多欲，清朗自逸兴。
豁达经行处，浮生即风景。

十月四日。游览周至县境内的耿峪。这是一个薄阴的天气，风中寒意较重，树叶开始变黄变红，河水清且浅，水底石头的纹路清晰可辨，水草依然绿汪汪的。山里人的厚道和热情好客，给我印象最深。每一次进山，都是一次心灵净化，都让我在感动中思念儿时在乡下的快乐时光。悠悠岁月，真情最温暖。归来情不自禁，笔底生风，写下组诗，起名《耿峪行》。

耿峪行

一

闹市少闲静，空灵净凡心。
四季终南游，风光涨精神。
寻常思故地，深秋意真淳。

子夜还琐忆，熹微载欣奔。

二

清晨入耿峪，喜鹊迎山门。
浓阴掩曲径，茂草聆溪音。
崖壁对水榭，落叶舞缤纷。
梦幻重重色，朝雾白云深。

三

穿花访篱院，鸡犬声互闻。
厅堂连连应，足下紧紧跟。
搓手含羞涩，笑语远路人。
尽将陋室营，倾囊馈乡亲。

四

简餐野菜面，食料纯天然。
刀法细腻熟，擀杖滚自如。
玉片薄光筋，汤鲜味香醇。
美目忙动箸，入口顿生津。

五

归来谢宅主，频频回头顾。
以中何所悟？知足安若素。
随遇知权变，从心人不孤。
侃侃与君道，清气融云霄。

十月六日。车览渭河湿地公园。微雨中陪母亲游览泾渭公园。云海茫茫，水光接天，绿化林带郁郁苍苍，田野里麦苗脆生生的，河堤路两旁是簇簇黄菊、红菊。美丽的秋韵好撩人。伴娘亲，更幸福。

故园情

秋虫吐丝叶半黄，红果枝头叠风光。
醉人小园无限好，丰收声里秋韵长。

车览渭河湿地公园

河畔风柳隔浅滩，水光碧影绕芳甸。
三两闲鸭清塘渡，数只飞燕正云天。
池畔风荷叶半卷，轻舟悠闲系栏杆。
我欲携侣清景见，秋波无限眉宇间。

伴母游泾渭公园

泾渭分明处，沙洲秋色浓。
黄花香满径，茂林堤西东。
慈母遥相看，野田频望中。
一生接地气，最爱乡间行。

郊原即景

小雨滋润秋气高，菊花吐芳桂香飘。
高楼瞭望知些小，云雾缭绕隐舍茅。
豁然云阁开仙境，快哉亭上樽前笑。
思怡终南对君语，满目清爽尽妖娆。

十月九日。重阳节。晴和的日子。祝福老人们，安康长寿。

贺重阳

一城烟雨迎重阳，十里秋风桂菊香。
造化最是丹青手，足下行处即画廊。
祝语融融贺康寿，笔底滔滔馈华章。
更将胸策酬学苑，喜看桃李梦栋梁。

冬之恋

二零零八年

一月七日。夜读南宋诗人戴复古《论诗十绝》，与读清人赵翼之诗作有同感。

诗论

目狭技穷未有成，笔端乏力难驰骋。
胸无点墨浮肤浅，能不随人脚后行？
长读诗书爱清静，佳作多在夜半生。
衔华佩实可人意，但得新句堪自鸣。

一月十一日。新年的第一场大雪如期而至，虽然给出行带来了不便，但人们依然掩饰不住欢喜，踏雪欢歌。是夜，同窗相聚，追忆青年时，颇有志得意满的酣畅。

瑞雪图（一）

乱云浮空九重天，临窗观雪自悠闲。
香茶一杯漫思嗟，更觅飞花与君看。
落入掌中寻不见，却留性灵方寸间。
前途知己遥相伴，共赏玉麟满秦川。

瑞雪图（二）

粉妆玉砌任晶莹，松自高兀身自青。
地阔辽远垂天幕，黄云暗动伴风生。
瘦水成冰花无径，寒鸟隐隐啼空鸣。
林花不堪夜雪重，风过散作满天星。

瑞雪图（三）

飞雪漫舞迎春来，笑看寒梅临风开。
凡尘索居向清静，闻君寄语乐心怀。
同窗相识二十载，把盏添酒论英才。
喜遇风花雪月夜，空灵舒展登琼台。

瑞雪图（四）

乱点雨雪净飞尘，东风潜送第一春。
清景遍于知音赏，同侪俱是不凡人。

一月十五日。冬雪未停。街上行人稀少，难得的是呼朋饮酒作乐，好一个高枕酣眠好天气！

雪眠

人稀街市阔，寒风动恻恻。
罗衾好酣眠，幽梦自心泊。

晨钟动慵懒，衣履无意著。
推窗知雪重，万物生盐色。

一月二十二日。太阳终于出来了，虽然依旧寒冷，但心中的温暖和企盼飘然而至。车流像蜗牛一般在冰雪中慢慢爬行，城墙上顶着一层雪，宛如银色的项链。孩子们忘情地在雪林中玩耍。最冷的时节，春天也就在后边赶场了。

雪后晴日感怀

飞花已去日中天，古城高墙镶银链。
车如蜗牛入眼底，玩童松林雪战酣。
造化神功呼文墨，苍穹色寒起雾烟。
君问赏心知何处？关中南北白满川。

一月二十四日。与友闲话，冷月中天，谈兴不减，相聚欢。

夜宴席上见赠

人生快意在聚欢，胸中块垒尽释然。
为君耽取佳丽句，是非得失不由天。
惆怅兴余还远望，倏忽之间又一年。
愈挫愈奋是真言，但期韶华履新端。

一月二十五日。夜雪纷纷。一杯清茗好读书。友人夏斌兄的《岁月如梭》以童年——求学——工作为主线，饱蘸乡情和亲情的笔墨，叙述了自己“鲤鱼跳龙门”的过程，我与他经历大致相同，所以倍感亲切，仿佛时光定格在成长的足迹中。乡村，学校，城镇，城市……爱拼才能赢。

征途歌

岁月如梭亦如歌，英俊少年出山窝。
家境贫寒生计艰，兄弟姊妹苦奈何？
横山跋涉惜光阴，九牛塔村至孝心。
求学苦辛坎坷路，负笈拽屣有家亲。
长途奔波过险关，淳朴民风伴身边。
更兼骨肉情切切，寒窑妙笔拨云天。
男儿生来当纵横，艰难困苦玉汝成。
高原汉子今安在？古城儒士传美名。
醉心教坛三十载，春风桃李花自开。
吟罢思潮留恋处，万朵梨花入窗来。

一月二十八日。冷风刺骨，树上的积雪像飞沫一样在空中飘舞，廊檐上的冰挂如水晶一般，恍如置身童话世界。行路难，只能一步步慢慢行走。缘有风景，所以不舍前行的路。

雪中行

风雪苍茫路难行，廊檐冰挂筑玉宫。
身似浮萍轻如云，浮生奔波各西东。
鲲鹏扶摇长空里，燕雀直上亦堪雄。
天寒地冻期会盟，些小壮观各不同。
立身但有诗书在，桃李春风雪夜灯。
耳闻目睹从未厌，灵府遨游兴味浓。
慧中秀外怜香伴，白丁鸿儒两相能。
思得飞花解人语，细致物理意无穷。

一月二十九日。天气渐渐地晴和了。冰雪开始融化，那是春天的前奏啊。每天从城门出出进进，今天的感受却大不一样，毕竟……希望的种子在冻土中快要苏醒了。

晴日心语

东风渐近暖日高，冰雪和泥半多消。
疏林忙改前时味，玉枝去后蕴碧条。
烁烁梅花拢云鬓，亭亭翠竹清韵娇。
风发意气长安路，从容年华过城桥。
城头旌旗随风摇，城下行人说春潮。
暂将眼信书诗笺，寄予青神作至交。

二月一日。天气依然寒冷，神禾塬上积雪茫茫，所见是一幅简笔画。春节的气氛日渐浓烈起来。

飞雪迎春

关中隆冬落翠微，行道玉兰爆蓓蕾。
笔生婉丽润佳句，雪抱松竹绕腊梅。
叩问青君怕不回，信风捎来枝头春。
廊檐玲珑楹联新，正是佳节催人归。

二月六日。除夕之夜。乡村的新年要比城市热闹得多，家家门前贴对联，挂红灯。乡下的夜空满天星斗，辽远壮观。远方的天际不时传来爆竹声，飞扬的礼花把夜空装扮得更加辉煌。这一夜，一家人围坐在火炉旁，一边吃着年夜饭，一边开心长谈，一年中最幸福的夜晚在亲情的陪伴中拉开了帷幕。

除夕（一）

夜语滋润闻鸡晓，疏林映雪晴方好。
轻车一路别无恙，乡音切切只恨少。
家翁絮语从未了，言辞般般话兴早。
慈母厨下煎炸炒，犹恐儿孙食不饱。
寒天温酒易为醉，书囊满载清真味。
我期佳节当如此，翰墨书香迎新岁。

除夕（二）

夜幕低垂星满天，乡村灯火竞为先。
家家楹联辞旧岁，户户笑语迎新年。
佳节自是喜庆色，子夜无眠不觉寒。
春事相约良宵伴，犹忆乡思萦耳边。

二月七日。大年初一。天晴了，很好的太阳。家家喜气洋洋。走在白雪皑皑的田间小道，回眸走过的路，感慨涌上心头。

乡情（一）

东南云蒸霞蔚，田野积雪覆翠。
疏林渐显春韵，爆竹声过幽微。
寒去晴和少阴，庭院素洁无尘。
佳节氤氲弥深，客居异乡人归。
邻里宾宴数回，儿童追逐妙音。
家亲有期见津，欢宴犹赏芳菲。

乡情（二）

天净原野阔，雨雪生斑驳。
渭水分身瘦，疏林蕴春波。
路阔蜿蜒折，车行疾风掣。
征程歌慷慨，回首望新辙。

二月十日。宴友朋，微醉多语。春天如约而至，我和春天有个约会：人生的幸福在于干自己愿干、能干、能养家糊口、对社会有益的事情，那将不仅仅是工作，而是事业所在，价值所在。我在准备中期待着职场新变化的到来。

春约（一）

一曲新词酒一觞，新厨技艺压群芳。
宴宾劝朋闻笑语，举箸品味论短长。
去年西城正主张，每隔时日读华章。
今年好似失群雁，相思梦里睹红妆。
我曾因之颇伤神，惆怅还恋九曲肠。
而今重忆来时路，披肝沥胆向晨阳。

春约（二）

辛苦缘为爱精灵，子夜信笔走马行。
人生自信练达处，不做孤鸿独哀鸣。
我从去年别西城，愁满衷肠少晴明。
故人耳闻多慰语，至亲言辞从心性。
躲进书斋爱静默，每吟佳句弥生情。
浮华曾遗绝交书，恬淡甘于作门迎。
知己有约期晤盟，常忆康桥梦青萍。
东方风来柳絮飞，心潮澎湃期安平。

二月十三日。春节的雁塔广场颇为热闹，书法爱好者以地为纸，挥毫表演，游人驻足观赏，赞不绝口。一老者谈到练书法的苦功，如同万里长征，坚持重要，相信勤耕耘，必有收获。“百炼成钢绕指柔”，的确如此。

观书法感怀

笔走龙蛇任纵横，经年功夫岂天成？
机关精巧在悬腕，二十年来从未停。
钟灵毓秀文兴地，慈恩林壁夕阳红。
行人入暮还自去，唏嘘赞叹闻余声。
徐步思忖欲问僧，朱门却闭朦胧中。
世事看易行却难，成名要旨缘用功。

二月十六日。城外踏春。

郊原觅春

呼儿城外来觅春，风过池水漾绿纹。
遥望远树问消息，枝叶映日见精神。
蓬草根蒂含新韵，嫩蕊初绽有几分。
满眼尽随撩新色，翠微无语自可人。

二月二十一日。元宵节。今宵月色分外明。

元宵夜吟

东风捎信作花媒，天街灯海迷人魂。
新装结伴游庙会，夜色阑珊意沉沉。
良师莫停眼前樽，应闻笑语对良辰。
人间情重团圆月，爆竹声中拜春神。

二月二十五日。雪后天晴，空气清新，好心情。

雪后晴日偶得

新雪拭浮尘，清净满乾坤。
造化有真意，无处不可人。
花树含蓓蕾，雪松新绿痕。
微微地气动，万物浴春晖。
常恨时节短，光阴违我心。
不泯凌云志，笔落书雄魂。

十二月二日。爱做梦——日有所思，夜必有梦。这说法不无道理，千百年来从远古时代的结绳记事，口耳相传，到现代文明的笔墨形迹，影像留痕，累积成了经验，演化成了生活常识，开辟了脑科学领域的新天地。

梦是生活的映像：现实的，空灵的，恍如隔世的，继往开来的，虚无缥缈的，宛如眼前的，盛满了现实生活中的林林总总。我的校园情结，经常在梦中浮现；我的识愁情怀，往往在梦中光临。

人一旦专注于缠绕于某一时某一事，就会上心牵挂，难以释怀，梦中的曲直联系自然是现实情境的一种延续。有梦就有希望，明天就是今天的梦。我喜欢做梦，我的许多信息根植于梦境之中，使我留恋，让我感慨，催我奋进，携我前行。

夜 梦

昨夜幽梦又心扉，远近高低赏芳菲。
晨来回首皆不见，翩翩劳燕何处飞？
簇簇繁花开有主，剪剪风寒落翠微。
拿云心事应眷我，太白桥头待月归。

十二月十五日。肥壮的草儿，明艳的花儿，有谁知道它们那繁茂的根系里灌输着园丁的汗血？

悲情的故事总能打动人，因为它把最美的事物割裂开来给人看。而喜剧也自有令人回味的美妙。故事的结局或悲或喜，或悲喜交加，都浸润着作者的心血——真情无极限！

对于一个四十岁的人来讲，似乎应该充满理性的意趣，可感性的东西仍然具有不可替代的魅力。我喜欢理性，更热爱感性。想起了五年前这个时节去过的“小江南”汉中，还有那里的朋友。古城的笔友，你还好吗?

忆江南

四十年来汉水滨，繁华素雅总合春。
翠竹枇杷将绿绕，野芳漫道生幽津。
才子豪杰气象新，谁家有女成丽人?
年年杏坛佳音传，岁岁东风揖清芬。
常怀故友不可见，夜梦中庭共举杯。
江南盛游曾销魂，铁塔寺前论美文。
别来感念情依旧，学苑会盟盼逢君。
不惑行吟叹衰鬓，观竹还思潇湘妃。
但知情深远如近，追忆往事倍觉亲。
冬阳渐高过疏林，夜宴捧斛醉花阴。
我今提笔歌一曲，聊为往事作赋吟。

忆长安

二十年来渭水滨，四季风华争新春。
翠竹弱柳将绿绕，古城漫歌生幽津。
才女文笔婉丽新，谁家有女成花神?
朝朝清音耳边传，暮暮心语揖清芬。
常思亲友多谋面，夜梦中庭看清辉。
王府花园曾销魂，紫藤架下论温文。
别来依依情深厚，向晚期期盼知宾。
且行且吟且歌声，还思还忆潇湘妃。
天涯咫尺寻常事，人生真爱在至亲。

玉兔东升过疏林，葡萄美酒惜千金。
灯下诗书犹恨短，聊为乐事酬东君。

十二月十六日。“歌声飘过三十年”——好浪漫温馨！我的青少年时代是伴着这些优美的歌声度过的。一段老歌，一段成长的记忆。

记得最深的是那时为了能够收听十五分钟的《每周一歌》，总是寻找各种借口，奔回家去偷偷地收听收音机。比如说正在干活，一直装出很卖力的样子，汗流浃背，然后说口渴难忍，或者突然内急要上厕所，然后不等父母同意，便飞也似地跑回去享受那美妙的十五分钟。《垄上行》、《那年我十七岁》、《风雨兼程》、《故乡的云》……至今听起来仍有撼动心魄的力量和感动。

一段岁月，一段经历，一段记忆，一份感动，一份感悟，一份收获。岁月如歌，岁月如水，岁月如轮。我们一起走过，一起歌咏，一起珍藏那份岁月的情缘。

清歌忆

歌声飘过忆团圆，流金岁月交口谈。
莫叹光阴催人老，青春和美艳阳天。

十二月二十六日。为了重拾少年的追梦情怀，回忆青年时代指点江山的壮志凌云，捕捉渐行渐远的影像，我常常在梦幻般的夜晚任思绪飘飞，有时过度亢奋，难以入眠。索性提起笔来记下当时的心境。一不小心，竟写了十多万字。这是我生命中最充实的一段时光，因为成就感，因为回眸一瞥突然发现的潜质——因为久违的浪漫……

人生就是用聚散的因缘堆砌而成，过来昨日疑前世，睡起今朝觉再生，聚散匆匆是缘，来来往往是缘！失去的得到的都需要力量，也都会生出新的力量，积聚新的力量，爆发新的力量！

如约而至！飘然而去！良宵好梦。

书缘梦忆

攀崖临渊蹑足行，前途荆棘乱石中。
捋袖揽衣汗如雨，坎坷历尽梦乡逢。
执手凝噎晶莹泪，日夜相思肆意行。
暂将惜别作诗笺，冰心玉壶总关情。

十二月三十一日。旧年的最后一天，我终于狂了一把，在那个充满异国情调的料理店，把盏劝酒，开怀畅饮，天文地理，风土人情，滔滔不绝，直至酩酊大醉，醉卧地板，凌晨三时方醒！全然不顾肠胃的激烈反抗，一任清酒在腹中翻江倒海，纵横驰骋，把自己打了个人仰马翻！

我喜欢大方洒脱，青睐不卑不亢，钟情天马行空，有时也迷恋恃才放旷，自诩为是一个不折不扣的古道热肠的性情中人。

我爱读书，爱思考，有激情，有热情，有责任，敢担当，但我常常不够勇敢，有时也不够理智——我是一个富有鲜明特点的令人爱恨交加的人！

醉意朦胧之时，随口向尊者说出三句心里话：在学校时是敬畏，在机关是敬佩，现在是敬爱！他幽默地说以后就叫他“畏佩爱”吧！

醉意醒，梦期圆，信息传，真情倾吐多点赞。

新年寄语

今夜星辰今夜风，报春消息心底生。
不居光阴寻常过，岁月终解落花声。
经年奔波书倥偬，栽桃种李誉美名。
莫停妙笔共勤勉，提缰揽辔踏新程。

经年行

光阴流转惜经年，蓦然回首和辛甘。
冰雪封冻梅生寒，南国重灾战凶蛮。
众志成城克艰险，东君携花送温暖。
草木阴阴五月天，山摇地动蜀西南。
国殇同悲疾驰援，大爱无疆人未还。
壮志豪气吞河山，半载废墟变新川。
八月京都赛事酣，百年梦园举国欢。
神七神起睹壮观，呼啸苍穹云霄间。
国事言罢心事传，侠骨柔肠为红颜。
三百六十五日愿，一思一面亦欣然。
相逢时日总恨短，笑谈人生幽篁馆。
妙语连珠多博见，往来笔墨才情现。
玉树临风杨柳岸，羽扇纶巾弱水畔。

低吟浅唱声声慢，引吭高歌藏呢喃。
春夏秋冬四季田，真情遍撒旦夕甜。
奇俊瑰丽如峰巅，远近高低似雄关。
天成诗才多夜伴，造化文章日日唤。
俯首低眉思齐贤，收放自如好梦圆。
故人祈愿祝语前，知音千古还仰瞻。
牵手常读桃花笺，回眸嫣然扶窗轩。
空灵飘逸输委婉，口吐莲花知深浅。
紫藤迎春倚枝蔓，云阁飘渺撒花瓣。
北城南向芳林苑，新曲一支语哝软。
寻章摘句莫恨晚，妙想奇思随风潜。
岁月如歌闻行板，东君赠我销魂散。
执手殷勤更把盏，红袖捧盅言语缓。
窈窈耳鬓眉宇看，来年再叙未了缘。

二零零九年

十一月十二日。时序刚过立冬，天气陡然加寒。心绪尚在秋日的浪漫中盘桓，添衣御寒的呼唤却不期而至了。

昨天在长安区召开全省农村学前教育工作现场会，天公偏不作美，风疾、雪紧、路滑，我们在风雪中参观了七所幼儿园。

不难想象，为了迎接参观，老师带领孩子们不知准备了多长时间，付出了多少辛苦！恰恰是从那些绚烂的画面和老师们带有表演性的独白中让我看到了幼教工作的“软肋”——其实大多数的参观、评估都带有雕琢的痕迹，而对于“常态”和“本色”或者叫“原生态”的期待与向往一直是我当下不知疲倦地奔走呼号的教育理想。孩子们的眼神应该像雪花一样纯洁，像山泉一样清澈，像晴空一样澄明。幼儿园应该是孩子们玩耍的天堂而不是传输知识的学苑。小教化、功利化、盈利化、媚俗化的倾向令人担忧。在学前教育发展之路上，政府任重道远，我们责无旁贷！

今天，又随同西安市语委的专家们在临潼区检查工作，对于语言文字工作的重要性有了进一步的认识。我以为，推广普通话绝不能走入摒弃一切方言的误区。给方言一定的生存空间，其实也是在保护我们的认同感、归属感，更是在保护我们民族灿烂的文化。给方言留一席之地，也是我们尊重传统文化、尊重话语权的表现，也是人权进步、社会迈向更高文明程度的表现。

两天行程数百公里，见证了记事以来最大的暴风雪，目睹了钟爱的事业在前进途中遇到的种种可见与不可见的艰难，倏忽间想起了陈丹青先生的《退步集》，想起了吴非老师的《前方是什么》，也更增强了一份责任感、使命感。我坚信，只要行动，总会有改变，有收获！

乘车途中，欣赏壮丽的雪景，抚今追昔，心有所感，今夜在灯下连成串，以为记。

雪中行

泊金栖翠叶流丹，秀色一派终南山。
最是风景绝胜处，疏林远映衔云烟。
君临上界不辞劳，阳和温暖拟春宵。
但见朔风忽纷至，万千气象如卷潮。

天幕湛湛生辽阔，烟云漠漠出城郊。
金秋连冬咫尺间，别样风光谁可道？
碧减红衰还清味，水瘦山寒草木凋。
冷风迎面利如刀，枯枝残叶剪空抛。
千里茫茫寻不见，征途迢迢飞雪飘。
危崖险境启程早，逶迤蜗行过灞桥。
飞沫悬空凝冰霰，烟柳新换白玉袍。
渭水退兵敛霸气，田野寂寞鲜飞鸟。
上下天光浑一色，丹青收画作素描。
四顾辽远锐气超，寒光粼粼云水摇。
野村遁形山无迹，高低疏密共玉雕。
依稀曾记秋韵高，层林尽染最山腰。
源清玉流从容渡，小溪婉转少浪涛。
冰镜一轮银辉皎，风物不惹尘纤毫。
堪思堪忆堪博文，从来牵引多才调。
玉树琼花约我邀，银装素裹亿万条。
莽原蕴深骊山娇，红炉新酒品笙箫。
捧斛执杯歌中饮，飘逸人生不寂寥。
霞光点点出山坳，思古幽情忆前朝。
烽火狼烟美人笑，从此西周天下消。
千古一帝六合扫，穷兵黩武知多少？
史海钩沉土一抔，回首青峰惜晚照。
华清氤氲舒清波，感天动地长恨歌。
钟情本是家常事，心结偏向芙蓉国。
今古相接总好游，秦时地宫唐苑秋。

青冢已为繁华地，与时俱进皆风流。
练达雄阔藏深邃，笔走龙蛇人不悱。
登高远眺正眼望，漫天风雪待君归。
韶华渐别情益深，壮飞逸思昭丹心。
感我良言自兹去，人在天涯报君恩。
终南捷径论古今，梅妻鹤子是远亲。
平凡本为书生相，心声呼作雪中吟。
春夏秋冬情深深，东西南北意沉沉。
今日快哉雪中宴，粉妆玉砌壮精神。
人生从来期功成，风霜雨雪伴晴明。
缘君一言我记取，深厚交契在真诚。
从容淡定弥有情，洞察物理轻浮名。
爱怜从未息笔墨，为君聊作雪中行。

十二月十一日。冬夜寒冷，缘有友情，倍感温暖。

夜 思

红树醉秋雪梦冬，暖语温馨生春风。
寒夜清忆不知晚，便携诗情向梅亭。

十二月十四日。冬日里的终南山也自有它的风韵，那是一种素雅之美，简朴之美，纯洁之美。生计多艰，但不改初心。我在户县的感觉大体如此。

户县访同侪席上见赠（一）

水瘦山寒衔疏林，细雨浮空访友亲。
相逢笑谈别后事，真情处处有知音。

户县访同侪席上见赠（二）

雨雪兼程不计寒，北风起舞作歌弦。
长路漫漫书明眼，浮云难遮终南山。

十二月二十日。昨夜的一场雨，滋润了大地，空气中浮动着些许生机，干干净净的，心情也爽利了许多。漫步曲江，快然以记。

曲江漫步图景

应怜造化输清新，夜雨润物除纤尘。
草木积翠呼青色，叶滋荣华发似春。
曲江流光叙翰林，妙笔生花撷美文。
但将平凡寻常处，人生超然肖竹君。

十二月二十一日。我在翠华路上居住了十五年，那座简陋的半边楼有我许多美好的回忆。在那里，我收获了爱情，建立了家庭，有了女儿。一想起她，便是满满的幸福。故地行，自是温馨多多。

回翠华旧居道中所见

凉风细雨可人天，苍木积翠柳含烟。
故道熟谙怀思久，爽眼分明金合欢。

十二月二十二日。风声雨声竹啸声，声声入耳，慧心自知。

雨中观竹

雨后新竹生新枝，新枝新卷心已识。
愿学新心养新颜，便随新竹起新知。

十二月二十三日。冬天的确比较寂寥，少了景色的明艳，但多了几分疏旷和简约。美丽人生从简约开始。

冬日感怀

谁言造化无幽情？寒极复作艳阳生。
碧红参差渐睡去，幽姿翻转杨柳风。
阳台冬青日渐瘦，绿影疏朗少红豆。
物态平衡循物理，流年从未欺童叟。

十二月二十四日。雨住了，天晴了。久违的好天气。

雨后天晴漫游西苑所见

半云半雨半阴晴，一花一草一树明。
园禽枝头歌婉转，云雀翔宇湛蓝中。
字里品味叙漫兴，词中载欣颂心声。
似此爽朗可人地，与君分之共其清。

二零一零年

一月三日。昨夜梦飞榆林，与同窗重游红碱淖、红石峡、镇北台，久别重逢，欢喜不尽。看来我的确想他了，这个塞北才俊身上所特有的儒雅气质，包括一点点的放荡不羁，时常令我牵挂、回忆。他叫康伟，一位大学教授。

梦回榆林兼忆康伟弟

昨夜飞梦下榆关，朔漠残阳笼云烟。
塞北博士独清迈，孤笔横扫摘桂冠。
桑梓无书域中览，千里求索访长安。
博约高义循邃密，豪放旷达持幽远。
翰林枭雄乐寸管，宏篇巨论有识胆。
广结豪英酬壮志，四季春晖耕不倦。
襟怀刚烈坦诚见，寒梅风骨铁肩担。

因怀久思君未面，暂借笔墨忆前缘。

一月七日。夜读宋诗，为其瘦硬隽永所感动，特别是以“梅妻鹤子”饮誉诗坛的林逋，尤为后人称道。《山园小梅》中“众芳摇落独暄妍，占尽风情向小园。疏影横斜水清浅，暗香浮动月黄昏”，《咏梅》中“雪后园林才半树，水边篱落忽横枝”，“吟魂长恨负芳时，为见梅花辄入诗”，这些千古名句为诗人赢得了生前身后名，同时代的文学大家欧阳修、苏轼、司马光多有赞许，著名诗人陈与义在《和张矩臣水墨梅》中写道，“自读西湖处士诗，年年临水看幽姿。晴窗画出横斜影，绝胜前村夜雪时”，激赏之情溢于言表。王十朋也毫不掩饰自己对诗人的热爱，赞不绝口，“暗香和月入佳句，尽压千古无诗才”。到了富有盛名的词坛宿将姜夔，对他更是推崇备至，将《暗香》、《疏影》作为词牌名。林逋先生“梅诗”的影响可见一斑。

在繁忙的工作之余，觅得一方清静，手不释卷，神交古人，体悟林诗中蕴含的飘逸高趣，乐亦无穷。

读林诗有感

梅花最恋林君复，水瘦山寒更风骨。
踏雪从容得佳句，千古风流藐韩苏。

一月十日。时光没有教会我们更多的东西，却教会了我们不要轻易地去相信神话。

夜宴的参加者多是亲朋好友，把酒家话，轻松又惬意。生活本该如此，不该只顾走路，忘记了我们为什么出发。渴了饮水，饿了吃饭，累了休息，只要心在，风景就处处存在。

夜宴曲

美食多味竹林间，窗含晚霞落日圆。
故人情重多酬客，炉火红透生紫烟。
嫩香酥脆薄筋鲜，清酒谁计杯深浅。
寒夜古城更温暖，捧觞换盏慕儒贤。
胸中真义薄云天，为君深情笔尖传。
梦里常思太白远，征途从来步未缓。
遥望蟾宫君不见，幽径抚额还探看。
沧海桑田有时日，化作春风又一年。

一月十三日。忙碌而充实的一天。一大早去了母校师大，和课题组的成员畅谈基础教育发展前景。下午，再次回到我昔日的精神家园——市一中参加读书会。不需要准备发言稿，我以为真诚和朴实，感恩和厚望就是最好的准备。

忆教育生涯兼赠读书会

风神摇曳动竹青，学贯东西尽豪英。
坐中风流谁堪论？巾帼不让须眉生。

一笔横扫三百卷，胸中丘壑十万兵。
从此美名翰林苑，杏坛饮誉满古城。
辞别南郊向西郊，铁塔寺边暖阳高。
诗意栖息何所道？精神家园风光娇。
西苑书屋擎大纛，风景殊异当自豪。
为君指向刮目看，杨柳春风万千条。

一月十六日。应邀与市三十中同行赴未央湖酒店召开教学年会，作了题为“阅读的分量”的报告，有几分满足，有几分得意——“腹有诗书气自华”。“不肯低头伏草莽”！欣然提笔，命曰——《冬日行》。

隆冬之初，未央湖畔，冬日之美，争相眼前。薄雾流韵，霞光映天；疏林掩径，衰草无边；冰水携侣，飞鸟成双；街区交错，往来纵横；广厦万千，鳞次栉比；庭院深深，松竹茂密；屋墙斑驳，参差颜色；游人恬行，优哉游哉。

入未央宫，华灯璀璨，暖意萦怀；杏坛老少，咸集于此，述文武之道，歌教坛风流；学苑奇葩，异彩纷呈，扬清芬氤氲，褒硕果满堂。

忆念二十年前，一介书生，常怀功名之心，多生壮语豪言；每同室议论，往往意见相左；偶郊原共游，常常蹊径独辟。

廿年来，有幸共事一城。意气相同，数来已有时日；求同存异，略计八载有余。其间往来笔墨，多有褒奖；面晤交谈，鲜有不悦；心中块垒，春风化雨；职场酬酢，得心应手。不觉顿悟：人生四季，风景各异，何以为然？皆岁月之功。幼年天真，童年好笑，少年可爱，青年可赞，中年可叹，壮年可心，及至老年怡然，皆为造化之力。

遵循物理，求索期间，神思百通，皆在自然，乃是获得人生大境界之自由之径。于是，心生感慨，聊作《冬日行》以记。

冬日行

北国寒天正隆冬，群贤毕至未央宫。
朔风猎猎旌旗动，湖波静卧生玉冰。
丽日高悬映晴空，霞光万道分外明。
远近疏密湖畔树，千般参差影随形。
荷塘清韵有遗梦，遐思六月花正红。
莲子酣眠长睡早，三月风来又芳菁。
挥洒自如论豪英，博今通古任驰骋。
词源独笔三千卷，胸中丘壑百万兵。
纵横捭阖旌旗动，燕然山下勒石铭。
翰林苑中沐清风，长歌高唱万里程。
崎岖逶迤逍遥过，群山丛中又青峰。
问尔何将几多能？博采众长求自声。
夙兴夜寐殷勤探，援疑质理常三更。
为求文辞信达雅，往往夜半还笔耕。
目视口诵多名篇，厚积薄发始见成。
闻听斯言弥有情，心曲未尽褒友朋。
恃才放旷花下客，坐中谁是人中龙？
忽忆同窗意气生，往来合散多纷争。
襟怀抱负凌云志，手持文书各西东。
十年学苑论雌雄，踌躇欲建不世功。

风华正茂似春笋，雨后拔节漫青盛。
光阴荏苒花飘零，四十不惑大梦醒。
气定神闲生恬淡，隔日邀约尽酒兴。
释怀心结随意倾，见识相异乐为听。
杏坛开讲对清樽，殊途同归共古城。
岁月驱驰心渐平，鬓染霜雪不计情。
今夜二子歌慷慨，壮士吟罢又新征。
携手同起从帝京，揽缰并辔日月星。
和衷共济求一是，教坛丹心同赤诚。
归来不觉霜夜晚，城郊通衢连宵灯。
曾忆曲水盛会盟，千古风流说兰亭。
田园逸趣钟陶潜，山水文章还谢公。
大小李杜皆可道，慧眼风物舒灵通。
文坛巨擘韩柳在，欧阳文忠会曾巩。
雪泥鸿爪君记否？东坡道人遗仙踪。

二月十四日。我在飞雪中回到了故乡。春节至，愿平安、健康、快乐成为我们新年的主旋律。

致新春

飞雪临窗玉入门，围炉闲话倍有神。
却看家慈乐何在？最是欢欣膝下孙。
言东语西时问询，说南道北老天真。

但见浓茶味生淡，少渴还饮未停杯。
词多田畴还天文，句从学苑又古今。
刚直善良诚为本，勤勉一生风骨身。
中夜感铭思报恩，何能从容孝至亲？
情到深处静无语，中庭回望雪纷纷。

二月十九日。雪后初晴。游大雁塔广场。

春光美

老松虬枝爆新芽，寒梅临溪数枝花。
残雪翠微日光里，东风悄然慈恩塔。
因怀学苑人不见，驱车西城心似马。
梦里相逢酬一笑，神清气爽凤池夸。

二月二十一日。回老家。乡村的春天已经在田野安家落户：麦苗青了，草芽发了，柳枝绿了，真正的春天来了。

春临门

鸟鸣庭院唧唧，犬奔田野鸡啼。
闲居宅门惬意，漫话亲情东西。
玄孙咿呀最喜，家翁神态安怡。

乡村无限生机，归程春日迷离。

二月二十四日。夜宴。性情中人乐山水，侃侃而谈，开怀畅饮，酩酊而归。

酬友朋席上见赠

玉盘珍馐相聚欢，晚霞临窗弄晴湾。
常忆诸君胆气豪，学苑深情入云端。
依稀风景殊堪赞，不逊去年二月天。
金樽频传捧大觞，美酒往来惹醉眼。
佳节和风煦温暖，流金岁月续新年。
域中未曾寻常见，快慰佳音间或传。
今夜豪门同盛宴，长歌心曲伴君还。
弄潮逐鹿有时日，春风桃李满杏坛。

二零一一年

二月二十六日。游曲江南湖。天气微寒，游人稀少，盘桓于水波浩淼的南湖之滨，思绪飞扬，往来古今。我喜欢这种天马行空式的思想自由，我认为这是我追求的最伟大的自由。

曲江行

独立云台天低昂，春风醉合赏曲江。
园柳鸣禽戏榆杨，百鸟婉转凤求凰。
飞瀑泉鸣道帝王，千古风流汉武皇。
形胜繁荣趋盛唐，惟才是举国运昌。
威加四海播名望，承古开新最风尚。
雄视环宇豪气荡，吐故纳新服万邦。
文坛奇葩倾翰场，元白并辔提游疆。
长安才俊翰墨香，曲水笔会饮流觞。
美文佳句光焰长，呼唤清芬悦华章。
当时学士多寻常，慈恩题名意徜徉。
我今细雨沐天凉，荷亭开轩览风塘。
竹枝含泪滴音响，遥呼湘妃知音赏。
故地巡游乐意访，熟谙我是热衷肠。
怡然壮丽走四方，水绕岛峙红绿裳。
往岁今昔故意长，世事难料两茫茫。
青丝已作鬓发苍，当年豪情渐黄粱。
痴情皎皎何相忘？犹忆花冠上庭堂。
好雨好风驱疏荒，为君撷景入诗囊。
石罅草芽宿根旺，力顶千斤旋复上。
东君枝头正主张，草木欣欣连片行。
楼台渺渺隐湖光，浩波荡漾起惆怅。
泛舟游走绕画舫，长桥石门栖鸳鸯。
只身此地人彷徨，方寸绵绵感复伤。

瓦雀啾啾议飞翔，倦鸟归巢我思乡。
持樽重来问酒浆，妄忆洛神向咸阳。
黄昏灯下注粉墙，夜雨斜侵芙蓉窗。
忧来思君生惆怅，杏坛擂主呼栋梁。
伏案疾书当自强，风尘眷恋翠华香。

二零一二年

一月二十三日。大年初一。雨雪初霁，天寒地冻，但不能阻滞闲适的心情。携女儿漫游久违的曲江南湖，以为喜庆之作。

曲江南湖雨雪后初晴即景

疾风掠冰河，柳絮舞婆娑。
雪松筑塔林，红灯满枝柯。
芳径幽香里，湖畔梅出落。
最爱竹节劲，簇簇动瑟瑟。
环岛游不尽，参差变颜色。
远近总相宜，高低疏密合。
平缓柔和线，蜿蜒切韵仄。
造化钟灵秀，曲江何其热？
但携明慧眼，处处寓心乐。

十二月二十八日。接待来自塞北的同窗。是夜飞雪迷天，相聚临窗观雪，畅议杏坛趣闻轶事，饮酒甚欢。想起了白居易的《问刘十九》：绿蚁新醅酒，红泥小火炉。晚来天欲雪，能饮一杯无？

又在雪花飞舞中踏上归途。自有刘长卿的《逢雪宿芙蓉山主人》与之呼应：日暮苍山远，天寒白屋贫。柴门闻犬吠，风雪夜归人。

文人清欢，于斯为盛，放旷飘逸的感觉跃然心头。怡然提笔，命曰：

雪中宴饮席上赠诸君

杏坛冬季隆日盛，温室呼唤遥相应。
塞北壮士江南子，中间儒雅名古城。
道台有道还高调，学苑无学堪自嘲。
苍冥连接万化散，笔驰纵横龙飘飘。
朔风萧萧刺骨寒，渭水漠漠混沌天。
长安古道何所见？迷途雾霾索秦川。
我欲抒怀开法眼，无奈红尘缘分浅。
置此宏阔文脉地，万家灯火下西关。

十二月二十九日。从凤楼俯瞰，玉树琼枝，白茫茫一片。空中聚集的薄雾又增添了一丝迷离感。享受发呆，享受《洛神赋》中“凌波微步”的遐思，不觉心驰神往。

楼望台

窗含霜气凝朦胧，灯伴温馨抵黎明。
连理枝盼世相能，人生总期是安平。
添衣疾步循篱蓬，地白屋凸望晴空。
树眠花睡多臃肿，朔风最喜玉冰迎。
直挺自古肖青松，危崖从来眷苍鹰。
霞光万点托日红，浮云翻卷出赤诚。
道北有道道奇清，路南无花花亦声。
翠华深深意千重，西苑融融共凤城。
最是提缰并辔征，处处欣欣醉兰庭。
高楼忆君逐日盛，润泽慧根舒灵通。

二零一四年

十一月七日。古城的冬天的确有一点萧条，雾霾的肆虐催促人们在无奈中明了绿色发展的真味。在这样的天气里，能有职场的同人聚欢，自然开心。

冬日夜宴感怀

混沌天地横，迷雾锁古城。
长安聚才子，樽频论豪英。
殊途艰辛共，职场同感铭。

但怀良属在，温馨相伴行。

十一月二十七日。庭前霜花依旧，只是少了昔日与慈父闲话的欢颜。亲情如水，何舍昼夜？念想多了，便懂了如影随形的味道。

思 亲

咫尺相隔似天涯，浮生多艰寻常家。
惜我亲情温温伴，思君切切霜叶花。
年来清忆难为见，旦夕衷肠乱如麻。
兰庭泪落潇潇雨，恻然登临慈恩塔。

十二月五日。凤城的寓所我是非常喜欢的。它的安静，它的雅致，它的书香，它的茶韵，都让我感受到生活的惬意与安逸。这里最适合放飞心灵。现在正是这样，冬日的暖阳柔柔地泻在书桌上，海棠花开得正盛，我的兴奋不可名状，心的自由令人陶醉。

兰庭晴日

柔光如线媚入眼，海棠明艳乐寸管。
好花好叶好亲缘，亦风亦雅亦心欢。
素日倩影拨撩乱，寻常追忆各两端。
似此物情深深眷，一思一伫一悠然。

十二月九日。今年的第一场雪在千呼万唤中星星点点地飘洒开来。按捺不住激动的心情，站在窗前出神地望着，雪如粉，心如云，邈邈行乾坤。

雪

簌簌复簌簌，点点又点点。
渺渺高窗望，茫茫似云烟。
古城生祥瑞，德泽报长安。
携枝开眉眼，兰庭鸾凤笺。

十二月十六日。天气异常阴冷，屋子里却是温暖如春。唯其寒冷，更见温暖。好友来访，自是可意欢欣。

聚 欢

昨日北行朔风森，夜归冷月影壁深。
卧听物华俱寂寂，闲思故人意纷纷。
晨光隐隐浮熹微，朝霞点点名方寸。
征途奔波知多少，兰庭小憩醉花阴。

十二月七日。位于陕西省咸阳市渭城区正阳镇原上的汉阳陵，是西汉景帝刘启及其皇后王氏同茔异穴的合葬陵园，地跨咸阳市渭城区、泾阳县、西安市高陵区三县区。它始建于汉景帝前元四年(前153年)，至汉武帝元朔三年（前126年）竣工，修建时间长达28年。陵园占地面积20平方公里。登临斯地，恢弘之气流淌，思古幽情顿生，一个王朝的背影渐行渐远，但却留下了不少历史的慨叹。想起了李白的《忆秦娥》：箫声咽，秦娥梦断秦楼月。秦楼月，年年柳色，霸陵伤别。乐游原上清秋节，咸阳古道音尘绝。音尘绝，西风残照，汉家陵阙。

汉阳陵

千古帝邦兴，劲风顾汉陵。
王孙何处去，荒冢遗影踪。
杏坛日夜诵，松柏经年丰。
云冠成一统，往来异中同。

十二月十三日。游百塔寺。百塔寺位于终南山北麓长安区王庄乡天子峪口，始建于西晋太康二年（公元281年），隋开皇十四年（公元594年）复建，称至相道场。因三阶教创始人信行禅师圆寂后葬于寺院附近，故又名信行禅师塔院。是隋、唐佛教三阶教的祖庭。唐大历六年（公元771年）改名为百塔寺。隋唐时期即为佛教僧侣修行的道场，盛极一时，有 “骑马关山门”之美誉。

大殿后的银杏树，相传为隋时栽植，被称为“中国第二银杏树”、“千年活化石”，高约30余米，树冠达百余米，树围18余米，浓阴覆盖半个寺院。银杏树历尽千年风霜，依然枝繁叶茂，且有众多的小树苗环绕周围，郁郁葱葱，见证着一段历史渊源。逝者如斯，唯有文字传递的热量让我们感受历史的温度。

百塔寺

晨入百塔寺，僧人浴日闲。
庭中参天树，沧桑千余年。
膝下儿孙满，相携绕周边。
造化有灵性，物我共机缘。

从百塔寺南行约两公里，便是天子峪，因传说中唐朝一位太子诞生此地而得名。山坡阴面的积雪比较厚，冷风过处，雪沫打着旋儿飞舞，冷嗖嗖的。山坡下农家门前的场院中，鸡鸭瑟缩着翅膀到处觅食，山崖上不时有苍鹰盘旋。尽管是农闲时节，但山里人却照样勤快，这不，正忙着积肥呢。看见有游客过来，热情地打个招呼，继续干活。在这种忙碌中，分明满溢着一种安逸、充实、恬淡的生活味道，这是久居城市的人们久违的生活味道。

坐在农家小院小憩，触景生情，想起了王维的《观猎》：风劲角弓鸣，将军猎渭城。草枯鹰眼疾，雪尽马蹄轻。忽过新丰市，还归细柳营。回看射雕处，千里暮云平。眼下虽没有诗中描述的热闹场景，但也足以令我心悦。

天子峪

积雪隐山径，足下多温情。
涧谷阴风冷，溪流凝霜冰。

崖畔危塔顶，飞旋有苍鹰。
茫茫兼辽远，古今说唐僧。
篱宅家禽乐，鸡犬各西东。
叩问稼穑事，农人去惺忪：
四季运筹过，收成报勤耕。
屋贫人不贱，淡定向青松。
最喜生灵伴，和谐福寿通。
古今皆一理，平民出英雄。

十二月二十一日。大雪纷飞，朔风怒号。车行深山巨谷中，天地间白茫茫一片。偶尔可见山路旁一树柿子，红艳艳的，很是惹眼。雪白与火红，强烈的色调反差衬托出和谐的美。竹林中出没的锦鸡，天空倏忽的飞鸟，伴着当一回山中快乐的“独行侠”。长歌山水行，不亦乐乎？这是风雪中游览摘日崖的心情。

摘日崖

危崖高悬百尺冰，涧谷清流浮倩踪。
数丛翠竹溪边伫，几簇白羽芦花风。
锦鸡觅食疏林里，孤鸟翩然云天中。
千呼万唤不知处，幽径斜出笑语声。

二零一五年

一月二十八日。伫立于二十三楼的阳台，临窗眺望，整个天空莽莽苍苍。俯瞰大地，粉妆玉砌，苍松、翠柏、修竹更见风姿。冬天自有可人处。

雪

夜来朔风动周天，万千玉龙访人间。
且看苍宇何所见，远近高低罗素面。
修竹簇簇摇瑟瑟，劲松漠漠动恻恻。
遥望远村莽林外，渺渺隐隐似冰河。
独居危楼思山川，辽阔形胜接云端。
物华灿灿曾缭乱，清辉熠熠又眼前。
常感造化生奇秀，四季景明醉其优。
踏雪寻梅溢香韵，芳枝伴人好春秋。

二月一日。初春时节的陕西师范大学，已然欣欣然张开了眼，整个校园弥漫着春天的气息。观清景，访恩师，会同学，忆往昔，悟大道，陶陶然乐在其中。

访名园

老藤茁然似当年，攀檐抱壁书楼前。
风回余韵芍药地，雪栏留恋牡丹园。

塔松巍峨曾抚手，翰林墨香铸铁肩。
常感光阴多缱绻，铭师论道谈锋健。
日从宏文索经典，夜来华章探词源。
流光匆匆路漫漫，学苑默默情涓涓。
耳提面命寻常见，恩师教诲薄云天。
霜鬓何辞壮心在，同侪职场各争先。

二月七日。故园之恋，魂牵梦绕，亲情最温暖。

故园春早

杨柳枝头蕴轻风，青晕朦胧翠浮空。
檐雀啾啾鸣声里，家犬欢欢野田中。
写意呼唤丹青画，工笔雏形郊原功。
绿萝点染楼台上，瘦水眼开好性情。
乡音切切意真淳，故园殷殷摄魄魂。
最是撩乱佳节至，万般心思归途频。
路遥道近不相问，存异趋同缘本根。
老宅寄语谁家子，人到中年愈恋亲。

二月二十三日。牡丹的高贵在于热烈，也在于冷艳。今日赏之，足慰心得。

观牡丹

花浮翠屏竞笑妍，雍容华贵第一先。
风情撩动香溢满，尽将璀璨漫人间。
遥思神韵主万载，还念翘楚夺千年。
邃穷探密缘有道，物宜逍遥从自然。

二月二十八日。新年的热闹喜庆还荡漾在山麓下的村落里，远远近近翠萌萌的颜色宛如梦幻一般。大山深处的古寺给人一种庄严肃穆的感觉，而山里人的厚道、朴淳、好客，总让我念及儿时的故乡。

山中（一）

暖村引斜径，深涧幽树明。
林鸟惹撩乱，溪水动清踪。
竹石抱古寺，崖壁扶老藤。
回首峦峰处，错落夕阳中。

山中（二）

翠峰隐古刹，红灯明新村。
远客又故道，深山迎至亲。
野味叙真淳，米酒重复温。
夕阳兹挥手，相扶共醉音。

十一月八日。游古观音禅寺和青华山。古观音禅寺位于西安市长安区东大街办罗汉洞村，始建于唐贞观年间（公元 628 年），距今约有 1400 年历史,为终南山千年古刹之一。与之东邻的青华山海拔 1269 米，以“清秀华美”而得其名。游览名山古刹，给人以庄严肃穆、清静空灵之感，俯仰天地，人是何等渺小？珍惜当下，方是生活的根本。

游观音禅寺和青华山

清晨入禅寺，古木匀林翳。
暖日筛竹影，庞鸟鸣幽寂。
老僧持帚立，访者问故里。
笑语去凡尘，莲心自惬意。
别之又青华，栈道登天梯。
巅峰披锦绣，涧谷吞紫气。
俄顷云漫漫，红雾复飘逸。
常思浮生愿，方寸向天机。

二零一六年

一月十六日。冬天的终南山好比是一幅简笔画，线条简洁明快，色调朴素大方，给人一种深度睡眠的空旷的感觉，也不失为简约之美。

走进南山律宗祖庭净业寺，远眺屹立于峰峦之巅的三面观音宝像，肃穆庄严，更增添了一份清净与神秘。修身养性，做人的本基。

冬日游终南

山芜林疏瘦水流，翠竹青松斜径幽。
律宗祖庭巅峰矗，三面佛像禅机收。
仙境何至书万卷，踪迹痴向风尘留。
长安闲游神侣伴，古城声名最九州。

一月二十日。风雪交加的日子，最适合窗前观景，或者漫步风雪中，体悟一种情趣。生活多彩，闲趣为妙。今天在北城的寓所，正是这样的心境。

兰庭观雪

朔风摇落玉乾坤，漫天麟甲舞龙君。
翠竹簇簇气节鉴，梅花点点天地心。
杏坛博雅碧血剑，兰庭光焰昨与今。
瀚海卷帙良伴痴，人生美意醉缘分。

一月二十一日。关中的雪洋洋洒洒，已经一片一片地在龟裂的土地上坐住了。我在这样的天气里奔向陕南。

途经秦岭山中，半阴半晴，雨雪相伴，风日相随。沿途游览了蔡伦祠，古人的聪慧给我留下了深刻印象。翌日归来，大雪纷纷。如此天气，虽然路难行，却更见风景。组诗为记。

拜谒蔡伦祠

江南公祠何处寻？龙亭槐柏气象新。
千古风流膏腴地，万代留芳铭此坟。
日月昭昭古今照，光焰熠熠耀斯人。
功美仓颉惟一蔡，名闻寰宇世绝伦。

咏　雪

九霄玉龙舞翩跹，松竹幽姿最为先。
广宇清迈谁妆点？万千琼枝向人间。
乾坤浩荡容否泰，浮生天地图康安。
使君郊原足下问，一树梅花更欣然。

一月二十三日。越是天寒地冻，越是渴望春和景明，越见亲情的温暖。途中所见构成心中永远的暖色。

归乡途中

郊原苍凉势无垠，渭水如溪动波纹。
疏林蕴春分踪迹，朝阳呼伴鸟自群。

一月二十五日。冬季的小院，比较冷清，在略显萧瑟的林子里，一树黄梅灿灿地开着，那份不可多得的热闹，搅动心池涟漪，春天真的要来了。“俏也不争春，只把春来报”，梅花，比迎春花开得更早，所以，它是春天名副其实的信使。感谢它。

庭院梅花

清香飘逸冠芳魂，幽姿翩然倍入神。
玉笛声伴征人远，一树梅花一知音。

一月三十一日。夜雪瑟瑟，昼来生出一个童话世界。祈福小精灵们永远快快乐乐。

雪

寒夜清恻罗灵霄，玉树琼枝生妖娆。
此情只堪人间有，万点琼花宇中飘。

后记

赌书消得泼茶香

记得这句词出自清朝著名词人纳兰容若的《浣溪沙》：“谁念西风独自凉，萧萧黄叶闭疏窗，沉思往事立残阳。被酒莫惊春睡重，赌书消得泼茶香，当时只道是寻常。”初读此词，便为作者清新婉约的词风和情趣高雅的生活所倾倒，当即就萌生了学写诗词的念想。不曾想，十余年间，从起初的新奇，逐渐到兴趣，再到爱好，再到今天的不可割舍，我竟然写了上千首只给自己和几个文学朋友看的诗词。在大家的一再鼓励下，我斗胆开始选编，断断续续历时半年时间，越看越觉得拿不出手，不敢示人，只想留下自己做个纪念。可是，经不住朋友们的再三劝说，最后更弦易辙，收起小心，连续三个多月，在原来选编的基础上，仔细斟酌，认真修改，个别认为有价值的素材，几乎将原诗推倒重来，另起炉灶，期望有新感觉，赢得新收获。

选编的过程相当艰难，加上因搬家丢失部分书稿带来的遗憾，不能割舍又不得不割舍的那种况味，有时候真的很折磨人：徒劳中夹杂着无奈，亢奋中澎湃着激情，冷静中又有几分怅然。我既有战战兢兢、如履薄冰的心态，又有十月怀胎、一朝分娩的感动；既有审美疲劳的劳体伤神，又有呼之欲出的幸福临门。千呼万唤不如立马就干，独行侠不如结伴游更有快感。于是，与几个志同道合的朋友相互切磋，把一切闲散的时间整合打包，自己更是不分晨昏、忘记昼夜地工作，终于三易其稿，基本成型。

我深知，诗本身是生活中的最真，功夫应该在诗外。作为历史定格的诗句，它可以是灵动的，可以穿越时空，甚至可以使时光倒流，让我们在追忆似水年华中感知生命的波澜壮阔，感受人作为万物之灵创造的伟大。同时，我知道，以我对诗词不够深刻的认知、还有算不上灵秀的一枝秃笔，不可能生出多少鲜花，收获多少果实，但它播种的过程所留下的痕迹，却能够清晰地印证一个辛勤园丁的心灵之路，从一个侧面表现出他对教育事业的无限热爱和深情投入。我始终相信，耕耘者从来不会没有收成，从来不会空手而归。有付出，必有回报。无论经验还是教训，成功还是失败，都是生命历程中的丰厚财富，都值得我们用真情来珍惜。

生命，就是由从前链接起来的。我以手中之笔，写我眼中之景、心中之情，将细小的情景缀连成四季的骊歌，成全一段心中沉寂多年的梦想。这，也算是对自己一份承诺的兑现。感谢我的朋友们的鼓励和帮助，正是这种精神上的声援，才使我有决心去完成这本诗集。这里，我要特别感谢《国际教育周刊》出版人、文化艺术报社主编、青年作家陈非先生。正是他多年的关心与支持，才使我在业余时间始终坚持创作。我还要感谢我的同事们的持续关注和亲情呵护。正是他们的匡谬，才使这本诗集在文字上减少了不少瑕疵。尤其是刘武丽老师、王勿妮老师、罗畅老师、王皎贤先生，他们从专业角度提出了不少非常有见地的修改意见和建议，还有我的兄长、高级教师、语文教研员史建义先生饱含深情的鼓励，在此一并致谢。

由于本人学识的局限，书中疏漏甚至错误肯定不少，敬请大家批评指正，以就教于大方之家，争取以后继续进步。

二〇一六年十二月十八日